# 화수분

아범은 금년 구월에 그 아내와 어린 계집애 둘을
데리고 우리집 행랑방에 들었다. 나이는 한 서른 살쯤
들어 보이고 머리에 상투가 그냥 달라붙어 있고
키가 늘씬하고 얼굴은 기름하고 누르퉁퉁하고,
눈은 좀 큰데 사람이 퍽 순하고 착해 보였다.

베스트셀러한국문학선 7

# 화수분

전영택

소담출판사

# 발 간 사

우리는 물질적 가치를 중시하는 산업시대의 큰 풍조 속에서 경제적 부(富)만을 추구하는 열병을 앓고 있는 것 같다. 물질적 가치와 똑같은 비중으로 또는 경우에 따라서는 그보다도 더 귀중한 정신적 가치에 관한 소중함을 몰각한 것이 오늘날의 풍조가 아닌가 한다.

따라서 역사적으로 면면히 이어오고 있는 우리 문화의 한 중심인 문예의 가치를 인식하고, 널리 보급시키는 것은 매우 중요한 의미를 지닌다고 할 수 있다.

우리가 어진 사람을 인격의 표본으로 삼을 때 근대 문학 작품에서는 이광수의 「흙」에 등장하는 허숭을 생각할 수 있고, 옛 문학에서는 흥부를 생각할 수 있다. 이러한 문예작품 속의 인물들은 우리 민족성원 한 사람한 사람의 마음속에 인격의 한 표본으로 존중되어 사람답게 사는 실천적 지혜로 이어진다.

여기서 문예작품은 그 작품을 창작한 개인의 재능에 의한 것이지만, 그 내용에 담긴 인물의 심성과 인격의 아름다움은 바로 그 작품을 읽는 독자들의 자아를 성숙게 하는 길잡이가 된다. 즉 작품에 실현된 정신적 가치는 우리 민족의 창조적 지혜로서 이어지고 이해되어 민족의 정신적 지향의 전통이 됨을 깨닫게 된다.

특히 젊은 세대에게 역사의식과 전통적 가치를 학습할 자료로서 우리 문학의 선집은 필수적인 의미를 지니고 있다.

오늘날의 상업적 풍조에서 탈피하여 한국의 전통을 이해하고 새 시대의 창조적 전진을 위한 밑거름으로서 베스트셀러 한국문학선은 기여할 것이다.

새 시대의 새 독자들에게 가장 뜻깊은 선물이 될 것을 자부하며, 작품의 선정에 있어서도 그 뛰어난 예술성은 물론 내용의 심화된 것을 중시하여 엄정히 선택한 것임을 밝혀두는 바이다.

신 동 욱

# 차례

〔전영택〕

〈 일러두기 〉

1. 선정된 작품은 1920−1970년대 한국 현대 소설사의 대표적 작품들로서 현행 고등
   학교 검인정 문학 8종 교과서에 실린 작품 외 개별 작가의 대표적 작품을 중심으로
   엮었다.
2. 표기는 원문의 효과를 고려하여 발표 당시의 표기를 중시했으나, 방언은 살리되 의미
   전달을 위해 되도록 현대표기법을 따랐다.
3. 띄어쓰기는 개정된 한글맞춤법에 따랐다.
4. 외래어는 외래어 표기법을 따랐다.
5. 대화나 인용은 “ ”로, 생각이나 독백 및 강조하는 말은 ‘ ’로 표시하였다.
6. 본 도서는 대입수능시험은 물론 중−고교생의 문학적 소양 및 교양의 함양을 위해
   참고서식 발췌 수록이 아닌 모든 작품의 전문을 수록하였음을 밝혀둔다.

# 화수분

## 1

첫겨울 추운 밤은 고요히 깊어 간다. 뒤뜰 창 바깥에 지나가는 사람 소리도 끊어지고 이따금 찬바람 부는 소리가 휘익 우수수하고 바깥의 춥고 쓸쓸한 것을 알리면서 사람을 위협하는 듯하다.

"만주노 호야 호오야."

길게 그리고도 힘없이 외치는 소리로 보지 않아도 추워서 수그리고 웅크리고 가는 듯한 사람이 몹시 처량하고 가엾어 보인다. 어린애들은 모두 잠들고 학교 다니는 아이들은 눈에 졸음이 잔뜩 몰려서 입으로만 소리를 내어 글을 읽는다. 나는 누워서 손만 내놓아 신문을 들고 소설을 보고, 아내는 이불을 들쓰고 어린애 저고리를 짓고 있다.

"누가 우나?"

일하던 아내가 말하였다.

"아니야요. 그 절름발이가 지나가며 무슨 소리를 지껄이면서 그러나 보아요."

공부하던 애가 말한다. 우리들은 잠시 그 소리를 들으려고 귀를 기울였으나 다시 각각 그 하던 일을 계속하여 다시 주의도 하지 아니하였다. 그러다가 우리는 모두 잠이 들어 버렸다.

나는 자다가 꿈결같이 으으으으으으 하는 소리를 들었다. 잠깐 잠이 반쯤 깨었으나 다시 잠들었다. 잠이 들려고 하다가 또 깜짝 놀라서 깨었다. 그리고 아내에게 물었다.

"저게 누가 울지 않소?"

"아범이구려."

나는 벌떡 일어나서 귀를 기울였다. 과연 아범의 우는 소리다. 행랑에 있는 아범의 우는 소리다.

'어찌하여 우는가. 사나이가 어찌하여 우는가. 자기 시골서 무슨 슬픈 상사의 기별을 받았나? 무슨 원통한 일을 당하였나?'

나는 생각하였다. 어이어이 느껴 우는 소리를 들으면서 아내에게 물었다.

"아범이 왜 울까?"

"글쎄요, 왜 울까요?"


2


아범은 금년 구월에 그 아내와 어린 계집애 둘을 데리고 우리 집 행랑방에 들었다. 나이는 한 서른 살쯤 먹어 보이고 머리에 상투가 그냥 달라붙어 있고 키가 늘씬하고 얼굴은 기름하고 누르퉁퉁하고, 눈은 좀 큰데 사람이 퍽 순하고 착해 보였다. 주인을 보면 어느 때든지 그 방에서 고달픈 몸으로 밥을 먹다가도 얼른 일어나서 허리를 굽혀 절한다. 나는 그것이 너무 미안해서 그러지 말라고 이르려고 하면서 늘 그냥 지내었다. 그 아내는 키가 자그마하고 몸이 똥똥하고, 이마가 좁고, 항상 입을 다물고 아무 말이 없다. 적은 돈은 회계할 줄 알아도 '원'이나 '백 냥' 넘는 돈은 회계할 줄을 모른다.

그리고 어멈은 날짜 회계할 줄을 모른다. 그러기에 저 낳은 아이들의 생일을 아범이 그 전날 내일이 생일이라고 일러 주지 않으면 모른다고 한다. 그러나 결코 속일 줄을 모르고 무슨 일이든지 하라는 대로 하기는 하나 얼른 대답을 시원히 하지 않고 꾸물꾸물 오래 하는 것이 흠이다. 그래도 아침에는 일찍이 일어나서 기름을 발라 머리를 곱게 빗고 빨간 댕기를 드려 쪽을 찌고 나온다.

그들에게는 지금 입고 있는 단벌 홑옷과 조그만 냄비 하나밖에 아무것도 없다. 세간도 없고 물론 입을 옷도 없고 덮을 이부자리도 없고 밥 담아 먹을 그릇도 없고 밥 먹을 숟가락 한 개가 없다. 있는 것이라고는 보기 싫게 생긴 딸 둘과 작은애를 업는 홑누더기와 띠, 아범이 벌이하는 지게가 하나——이것뿐이다. 밥은 우선 주인집에서 내어간 사발과 숟가락으로 먹고 물은 역시 주인집 어린애가 먹고 비운 가루 우유통을 갖다가 떠먹는다.

아홉 살 먹은 큰계집애는 몸이 좀 뚱뚱하고 얼굴은 컴컴한데 이마는 어미 닮아서 좁고 볼은 아비 닮아서 축 늘어졌다. 그리고 이르는 말은 하나도 듣는 법이 없다. 그 어미가 아무리 욕하고 때리고 하여도 볼만 부어서 까딱없다. 도리어 어미를 욕한다. 꼭 서서 어미보고 눈을 부르대고 '조깍쟁이가 왜 야단이야.' 하고 욕을 한다. 먹을 것이 생기면 자식 먹이고 남편 대접하고 자기는 늘 굶는 어미가 헛입 노릇이라도 하는 것을 보게 되면 '저 망할 계집년이 무얼 혼자만 처먹어?' 하고 욕을 한다. 다만 자기 어미나 아비의 말을 아니 들을 뿐 아니라 주인 마누라나 주인 나리가 무슨 말을 일러도 아니 듣는다. 먼 데 있는 것을 가까이 오게 하려면 손수 붙들어 와야 하고, 가까이 있는 것을 비키게 하려면 붙들어다 치워야 한다.

다음에 작은계집애는 돌을 지나 세 살 먹은 것인데, 눈이 커다랗고 입술이 삐죽 나오고 걸음은 겨우 빼뚤빼뚤 걷는다. 그러나 여태 말도 도무

지 못하고 새벽부터 하루 종일 붙들려매여 끌려가는 돼지 소리 같은 크고
흉한 소리를 내어 울어서 해를 보낸다.

  울지 않는 때라고는 먹는 때와 자는 때뿐이다. 그러나 먹기는 썩 잘 먹
는다. 먹을 것이라도 눈앞에 보이기만 하면 죄다 빼앗아다가 두 다리 사
이에 넣고 다리와 팔로 웅크리고 웅웅 소리를 내면서 혼자서 먹는다. 그
렇게 심술 사나운 큰계집애도 다 빼앗기고 졸연해서 얻어먹지 못한다. 이
렇기 때문에 작은것은 늘 어미 뒷잔등에 업혀 있다. 만일 내려놓아 버려
두면 그냥 땅바닥을 벗은 몸으로 두 다리를 턱 내뻗치고 묶여 가는 돼지
소리로 동리가 요란하도록 냅다 지른다.

  그래서 어멈은 밤낮 작은것을 업고 큰것과 싸움을 하면서 얻어먹지도
못하고, 물 긷고 걸레질치고 빨래하고 서서 돌아간다. 작은것에게는 젖을
먹이고 큰것의 욕을 먹고 성화받고 사나이에게 웅얼웅얼하는 잔말을 듣는
다. 밥 지을 쌀도 없는데 밥 안 짓는다고 욕을 한다. 그리고 아범은 밝기
도 전에 지게를 지고 나갔다가 밤이 어두워서 들어오지만 하루에 두 끼를
못 끓여 먹고 대개는 벌이가 없어서 새벽에 나갔다가도 오정때나 되면 일
찍 들어온다. 들어와서는 흔히 잔다. 이런 때는 온종일 그 이튿날 아침까
지 굶는다. 그때마다 말없던 어멈이 웅알웅알 바가지 긁는 소리가 들린
다. 어멈이 그애들 때문에 그렇게 애쓰고, 그들의 살림이 그렇게 어려운
것을 보고 나는 이따금 이렇게 생각하였다.

  아내에게 말도 한다.

  "저애들을 누구를 주기나 하지."

  위에 말한 것은 아범과 그 식구의 대강한 정형이다. 그러나 밤중에 섧
게 운 까닭은 무엇인가?


  3


그 이튿날 아침이다. 마침 일요일이기 때문에 내게는 한가한 틈이 있어서

어멈에게서 그 내용을 들을 기회가 있었다.

"지난밤에 아범이 왜 그렇게 울었나?"

하는 아내의 말에 어멈의 대답은 대강 이러하였다.

"어멈이 늘 쌀을 팔러 댕겨서 저 뒤의 쌀가게 마누라를 알지요. 그 마누라가 퍽 고맙게 굴어서 이따금 앉아서 이야기도 했어요. 때때로 그애들을 데리고 어떻게나 지내나 하고 물어요. 그럴 적마다 '죽지 못해 살지요.' 하고 아무 말도 아니했어요. 그러는데 한 번은 가니까 큰애를 누구를 주면 어떠냐고 그래요. 그래서 '제가 데리고 있다가 먹이면 먹이고 죽이면 죽이고 하지, 제 새끼를 어떻게 남을 줍니까? 그리고 워낙 못생기고 아무 철이 없어서 에미 애비나 기르다가 죽이더라도 남은 못 주어요. 남이 가져갈 게 못 됩니다. 그것을 데려가시는 댁에서는 길러 무엇합니까. 돼지면 잡아서 먹지요.' 하고 저는 줄 생각도 아니했어요. 그래도 그 마누라는 '어린것이 다 그렇지 어떤가. 어서 좋은 댁에서 달라니 보내게, 잘 길러 시집 보내 주신다네. 그리고 젊은이들이 벌어 먹고 살아야지. 애들을 다 데리고 있다가 인제 차차 날도 추워 오는데 모두 한꺼번에 굶어 죽지 말고……' 하시면서 여러 말로 대구 권하셔요. 말을 들으니까 그랬으면 좋을 듯도 하기에 '그럼 저희 아범보고 말을 해 보지요.' 했지요. 그랬더니 그 마누라가 부쩍 달라붙어서 '내일 그 댁 마누라가 우리 집으로 오실 터이니 그애를 데리고 오게.' 하셔요. 해서 저는 '글쎄요.' 하고 돌아왔지요. 돌아와서 그날 밤에, 그젯밤이올시다, 그젯밤 아니라 어제 아침이올시다, 요새 저는 정신이 하나 없어요. 그래 밤에는 들어와서 반찬 없다고 밥도 안 먹고 곤해서 쓰러져 자길래 그런 말을 못하고 어제 아침에야 그 이야기를 했지요. 그랬더니 '내가 아나, 임자 마음대로 하게그려.' 그러고 일어서 지게를 지고 나가 버리겠지요. 그리고는 저 혼자서 온종일 이리 저리 생각을 해 보았지요. 아무려나 제 자식을 남을 주고 싶지는 않지만 어떻게 합니까. 아씨 아시듯이 이제 새끼 또 하나 생깁니다그려. 지금도 어려운데 어떻게 둘씩 셋씩 기릅니까. 그래서 차마 발길이 안 나가는 것을 오정때가 되어서 데리고 갔지요. 짐승 같은 계집애는 아무런 것도 모르고 따라 나서요. 앞서 가는 것을 뒤로 보면서 생각을 하니까 어째 마음이 안되었어요."

하면서 어멈은 울먹울먹한다. 눈물이 핑 돈다.

"그런 것을 데리고 갔더니 참말 알지 못하는 마누라님이 앉아 계셔요. 그 마누라가 이걸 호떡이라 군밤이라 감이라 먹을 것을 사다 주면서 '나하고 우리 집에 가 살자. 이쁜 옷도 해 주고 맛난 밥도 먹고 좋지, 나하고 가자, 가자.' 하시니까 이것은 먹기에 미쳐서 대답도 아니하고 앉았어요."

이 말을 들을 때에 나는 그 계집애가 우리 마루끝에 서서 우리 집 어린애가 감 먹는 것을 바라보다가 내버린 감꼭지를 쳐다보면서 집어 가지고 나가던 것이 생각났다.

어멈은 다시 이야기를 이어,

"그래, 제가 어쩌나 보려고 '그럼 너 저 마님 따라가 살련? 나는 집에 갈 터이니.' 했더니 저는 본 체 만 체하고 머리를 끄덕끄덕해요. 그래도 미심해서 '정말 갈 테야, 가서 울지 않을 테야?' 하니까, 저리 한번 흘끗 노려보더니 '그래, 걱정 말고 가요.' 하겠지요. 하도 어이가 없어서 내버리고 집으로 돌아왔지요. 그리고 돌아와서 저 혼자 가만히 생각하니까, 아범이 또 무어라고 할는지 몰라 어찌 안되었어요. 그래, 바삐 아범이 일하러 댕기는 데를 찾아갔지요. 한번 보기나 하려고 염천교 다리로 남대문통으로 아무리 찾아야 있어야지요. 몇 시간을 애써 찾아댕기다가 할 수 없이 그 댁으로 도루 갔지요. 갔더니 계집애도 그 마누라도 벌써 떠나가 버렸겠지요. 그 댁 마님 말씀이 저녁 여섯시 차에 광핸지 광한지로 떠났다고 하셔요. 가시면서 보고 싶으면 설 때에나 와 보고 와 살려면 농사짓고 살라고 하셨대요. 그래 하는 수가 있습니까. 그냥 돌아왔지요. 와서 아무 생각이 없어서 아범 저녁 지어 줄 생각도 아니하고 공연히 밖에 나가서 왔다갔다 돌아댕기다가 들어왔지요. 저는 눈물도 안 나요. 그러다가 밤에 아범이 들어왔기에 그 말을 했더니 아무 말도 아니하고 그렇게 통곡을 했답니다. 여북하면 제 자식을 꿈에도 보지 못하던 사람에게 주겠어요. 할 수가 없어서 그렇지요. 집에 두고 굶기는 것보다 나을까 해서 그랬지요. 아범이 본래는 저렇게는 못살지는 않았답니다. 저희 아버지 살았을 때는 벼 백 석이나 하고 양평 시골서 남부럽지 않게 살았답니다. 이름들도 모두 좋지요. 맏형은 '장자'요, 둘째는 '거부'요, 아범이 셋짼데 '화수분'이랍니다. 그런 것이 제가 간 후부터 시아버님이 돌아가시고 그리고 맏아들이 죽고 농사 밑천인 소 한 마리를 도적맞고 하더니 차차 못살게 되기 시작해서 종내 저렇게 거지가 되었답니다. 지금도 시골 큰댁엘 가면 굶지나 아니할 것을 부끄럽다고 저러고 있지요. 사내 못생긴 건 할 수가 없어요."

우리는 이제야 비로소 아범이 어제 울던 까닭을 알았고 이때에 나는 비로소 아범의 이름이 '화수분'인 것을 알았고, 양평 사람인 줄도 알았다.


4


그런 지 며칠이 지난 어느 날 아침이다. 화수분은 새옷을 입고 갓을 쓰고 길 떠날 행장을 차리고 안으로 들어온다. 그것을 보니까 지난밤에 아내에게서 들은 말이 생각난다. 시골 있는 형 거부가 일하다가 발을 다쳐서 일을 못하고 누워 있기 때문에, 가뜩이나 흉년인데다가 일을 못해서 모두 굶어죽을 지경이니, 아범을 오라고 하니 가 보아야 하겠다는 말을 듣고 나는 '가 보아야겠군.'하니까, 아내는 '김장이나 해 주고 가야 할 터인데.'하기에 '글쎄, 그럼 그렇게 이르지.'한 일이 있었다. 아범은 뜰에서 허리를 한번 굽히고 말한다.

"나리, 댕겨오겠습니다. 제 형이 일하다가 도끼로 발을 찍어서 일을 못하고 누웠다니까 가 보아야겠습니다. 가서 추수나 해 주고는 곧 오겠습니다. 그저 나리 댁만 믿고 갑니다."

나는 어떻게 대답을 했으면 좋을지 몰라서,

"잘 댕겨오게." 하였다.

아범은 다시 한 번 절을 하고,

'안녕히 계십시오.' 하면서 돌아서 나갔다.

"저렇게 내버리고 가면 어떡합니까? 우리도 살기 어려운데 어떻게 불
때 주고 먹이고 입히고 할 테요? 그렇게 곧 오겠소?"

이렇게 걱정하는 아내의 말을 듣고 나는 바삐 나가서 화수분을 불러서,

"곧 댕겨오게, 겨울을 나서는 안 되네." 하였다.

"암, 곧 댕겨옵지요."

화수분은 뒤를 돌아보고 이렇게 대답을 하고 달아난다.


5


화수분은 간 지 일주일이 되고 열흘이 되고 보름이 지나도 아니 온다.
어멈은 아범이 추수해서 쌀말이나 가지고 돌아오기를 밤낮 기다려도 종내
오지 아니하였다. 김장 때가 다 지나고 입동이 지나고 정말 추운 겨울이
되었다. 하루 저녁은 바람이 몹시 불고 그 이튿날 새벽에는 하얀 눈이 펑
펑 내려 쌓였다.

아침에 어멈이 들어와서 화수분의 동네 이름과 번지 쓴 종잇조각을 내
어놓으면서 오지 않으면 제가 가겠다고 편지를 써 달라고 하기에 곧 써서
부쳐까지 주었다.

그 다음날부터는 며칠 동안 날이 풀려서 꽤 따뜻하였다. 그래도 화수분
의 소식은 없다. 어멈은 본래 어린애가 딸려서 일을 잘 못하는데다가 다
릿병이 있어 다리를 잘 못 쓰고 더구나 며칠 전에 손가락을 다쳐서 일을
하지 못하는 것을 퍽 미안하게 생각한다.

그리고 추운 겨울에 혼자 살아갈 길이 막연하여 종내 아범을 따라 시골
로 가기로 결심을 한 모양이다.

"그만 아씨, 시골로 가겠습니다."

"몇 리나 되나?"

"몇 린지 사나이들은 일찍 떠나면 하루에 간다고 해두 저는 이틀에나 겨우 갈걸요."

"혼자 가겠나?"

"물어 가면 가기야 가지요."

아내와 이런 문답이 있은 다음날 아침 바람 몹시 불고 추운 날 아침에 어멈은 어린것을 업고 돌아볼 것도 없는 행랑방을 한번 돌아보면서 아창 아창 떠나갔다.

그날 밤에도 추웠다. 우리는 문을 꼭꼭 닫고 문틈을 헝겊으로 막고 이불을 둘씩 덮고 꼭꼭 붙어서 일찍 잤다.

나는 자면서, 잘 갔나, 얼어 죽지나 않았나, 하는 생각이 났다.

화수분도 가고 어멈도 하나 남은 어린것을 업고 간 뒤에는 대문간은 깨끗해지고 시꺼먼 행랑방 방문은 닫혀 있었다. 그리고 우리 집에는 다시 행랑사람도 안 들이고 식모도 아니 두었다. 그래서 몹시 추운 날, 아내는 손수 어린것을 등에 지고 이웃집의 우물에 가서 배추와 무를 씻어서 김장을 대강 하였다. 아내는 혼자서 김장을 하면서 눈물을 흘리고 어멈 생각을 하였다.

## 6

김장을 다 마친 어떤 날, 추위가 풀려서 따뜻한 날 오후에 동대문 밖에 출가해 사는 동생 S가 오래간만에 놀러 왔다. S에게 비로소 화수분의 소식을 듣고 우리는 놀랐다. 그들은 본래 S의 시댁에서 천거해 보낸 것이다. 그 소식은 대강 이렇다.

화수분이 시골 간 후에 형 거부는 꼼짝 못하고 누워 있기 때문에 형 대신 겸 두 사람의 일을 하다가 몸이 지쳐 몸살이 나서 넘어졌다. 열이 몹

시 나서 정신없이 앓으면서도 귀둥이(서울서 강화 사람에게 준 큰계집애)
를 부르고 늘 울었다.

"귀둥아, 귀둥아, 어데를 갔니? 잘 있니……."

그러다가는 흐득흐득 느끼면서,

"그렇게 먹고 싶어하는 사탕 한 알도 못 사 주고 연시 한 개 못 사 주
고……."

하고 소리를 내어 어이어이 운다.

그럴 때에 어멈의 편지가 왔다. 뒷집 기와집 진사 댁 서방님이 읽어 주
는 편지 사연을 듣고,

"아이구, 옥분아(작은계집애 이름), 옥분이 에미!"

하고 또 어이어이 운다. 울다가 펄떡 일어나서 서울서 넝마전에서 사 입
고 간 새옷을 입고 갓을 썼다. 집안 사람들이 굳이 말리는 것을 뿌리치고
화수분은 서울을 향하여 어멈을 데리러 떠났다. 사립문 밖에를 나가 화수
분은 나는 듯이 달아났다.

화수분은 양평서 오정이 거의 되어서 떠나서, 해져 갈 즈음해서 백 리
를 거의 와서 어떤 높은 고개를 올라섰다. 칼날 같은 바람이 뺨을 친다.
그는 고개를 숙여 앞을 내려다보다가 소나무 밑에 희끄무레한 사람의 모
양을 보았다. 그것을 달려가 보았다. 가 본즉 그것은 옥분과 그의 어머니
다. 나무 밑 눈 위에 나뭇가지를 깔고, 어린것 업는 헌 누더기를 쓰고 한
끝으로 어린것을 꼭 안아 가지고 웅크리고 떨고 있다. 화수분은 왁 달려
들어 안았다. 어멈은 눈은 떴으나 말은 못한다. 화수분도 말을 못한다.
어린것을 가운데 두고 그냥 껴안고 밤을 지낸 모양이다.

이튿날 아침에 나무장수가 지나다가 그 고개에 젊은 남녀의 껴안은 시
체와, 그 가운데 아직 막 자다 깨인 어린애가 등에 따뜻한 햇볕을 받고
앉아서 시체를 툭툭 치고 있는 것을 발견하여 어린것만 소에 싣고 갔다.

# 천치? 천재?

## 1

나는 성년도 되기 전부터 못해 본 것이 없이 별것을 다 하였나이다. 어려서는 물론 학교도 다녔지요. 그리고는 주사(관리)도 하였나이다. 예수 믿고 전도도 하였나이다. 어떤 회사에 가서 사무원 노릇도 하였나이다. 그뿐이겠어요? 어떤 친구와 작반해서 오입쟁이 노릇도 하였고, 아주 떨어져서 엿장사도 해 보았나이다. 또 밥객주도 해 보다가 교사 노릇도 하였나이다. 뛰어서 일본 유학생 노릇도 하였나이다. 촌에 가서 농군 노릇도 하였나이다. 네——한때는 열렬한 애국자가 되어서 북간도 서간도로 다니면서 독립운동도 하였지요. 어떤 때는 광객 노릇도 하였나이다.

그러다가 어떻게 되어 나는 세 번째 소학교 교사 노릇을 하게 되었나이다. 나는 평생에 교사 노릇은 끔찍이 싫어하였고, 더구나 소학교 교사 노릇은 죽어도 아니하려고 하였나이다. 소학 훈장의 똥은 개도 안 먹는다는 속담도 있거니와, 실상 소학교 교사 노릇이야말로 사람은 못할 노릇이외다. 더구나 혈기있는 청년은 참말 못할 노릇이외다. 내가 이전에 별노릇을 다 해 보았으나, 소학교 교사같이 못할 노릇은 없더이다. 그러므로 나는 '세상에 노릇이 많은 가운데 훈장 노릇이 가장 어렵다.' 하는 정의를 내리고, 저 혼자 늘 그 생각을 하고 있나이다.

내가 세 번째 갔던 학교는 평안도 중화군 서면에 있는 득영학교(得英學校)이었나이다. 그렇게 싫어하고, 그렇게 못할 소학교 교사 노릇을 겨우 십이 원 월급에 팔려서 세 번째나 다시 하게 된 것은 정말 형편이 할 수 없어서 그런 것이지요. 늙은 어머니와 자식들과 살아갈 도리가 없고, 아주 궁해져서 교사 노릇 자리를 얻어 간 것이지요.

득영학교는 중화 서면에서 꽤 세력있는 박씨 일문이 사는 촌중에서 세운 것이었습니다. 교실은 본래 서당으로 쓰던 기와집인데, 동리 뒷산등에 들썩하게 지은 것인 고로, 그 근처 한 수십 리 안에서는 어디서 보든지 우뚝 솟은 득영학교가 눈에 얼른 띄나이다.

내가 맨 처음에 교사로 고빙되어 봇짐을 지고 득영학교를 찾아오다가, 멀리서 보이는 회칠한 기와집을 보고 벌써 저것이 학교로구나, 짐작이 될 때에 여러 가지로 상상을 하였지요——저 학교에는 학생이 몇이나 될까? 저 학교에는 나같이 할 수 없이 되어 마지막 수단으로 몇 푼 월급에 팔려서 왔던 속 썩어진 훈장이 몇 놈이나 될까? 그래도 그 가운데도 제법 교육의 사명을 깨닫고 왔던 사람이 있을까? 무얼 있을라구…… 훈장 노릇! 에구, 또 해? 이전에 씩씩하던 생각이 나서 이마를 찌푸렸습니다.

저 학교 생도가 적어도 열다섯 명은 되겠지, 그 가운데는 꽤 재간이 있는 천재도 있으렸다. 못나디못난 천치도 있으렸다. 또는 흉악한 불량아도 있으렸다. 손을 댈 수가 없이 사나운 아이가 있어서, 내 말을 안 듣고 속을 썩이면 어떡하나——걱정도 해 보았습니다——아니다. 내가 잘못하면 불량아를 만들어 놓기도 하고, 잘 하면 천재나 훌륭한 인재를 만들어 놓을 수도 있고, 불량아가 변해서 우량아가 되도록 할 수도 있다. 옛날부터 농촌에서 시인 문사가 많이 나고, 위인 걸사가 많이 났다더라. 이런 생각을 하니까, 책임감으로 갑자기 짐이 무거워짐을 깨달았습니다. 나는 문득 얼굴이 확확 달아짐을 깨달았습니다. 나는 평시에 교육학은 한 페이지도 공부해 보지 못했습니다. 물론 아동심리학 같은 것은 구경도 못했습니다. 아이들의 성격과 개성을 가려 볼 만한 총명한 눈도 가지지 못하였습니다. 나는 다만 일찍 우리 아버지 덕에 쉬운 일어와 산술을 좀(겨우 분수까지) 배웠을 따름이외다. 이것을 본전삼고, 남의 귀한 자제를 맡아 가르치려고, 아니 돈 십이 원을 거저 먹으려고 남이 땀흘려 농사 지은 곡식을 편안히 앉아서 먹으러 간다고 생각을 하니, 부끄럽기가 끝이 없는 것을 염치없이 그날 저녁 여덟시에 교감댁을 찾아 들어갔습니다. 박 교감의 인도로 학교로 올라갔습니다. 저녁은 교감의 집에서 얻어먹었습니다. 밥은 교감의 집에서 먹고, 거처는 학교에서 하기로 하였습니다.

교감이 팔십 원이나 들여 수리를 해서, 이제는 훌륭한 학교가 되었다고 자랑을 하는 교실은 밤이면 교사가 거처하는 방까지 합하여 두 칸 반이요, 깨진 유리창 한 개가 달린 것이 가장 신식이더이다.

교감이 내려간 후에 혼자서 자려니까 미상불 좀 무서운 생각이 나더이다. 나보다 먼저 왔던 선생이 혼자 자다가 승냥이한테 물려가지나 아니하였나, 혹은 이 반 칸 방에서 밤에 대들보에 목을 매고 죽지나 아니하였나, 목매 죽은 귀신이 퍽 무섭다는데…… 교감이라는 영감이 벌써 얼른 보기에 천하 깍쟁이 같더라. 꼭 괭이 수염같이 노오란 것이 몇 오라기가 까부라진 매부리코 밑에 밭디밭은 입술 위에 빳빳 뻗치고, 눈은 연해 헬금헬금하고, 공연히 헛기침을 자주 하는 것은 아무가 보아도 깍쟁이라고 아니할 수 없다…… 나는 처음 보고 이내, 네가 아전 노릇으로 늙어서 털이 노래졌구나, 하였습니다. 이 동리 양반(?)들은 모두 다 몹시 교만하다는 말과 교사를 거지같이 여겨 괄시한다는 말을 들었습니다. 아이들까지도 그 감화를 받아서 교사 따위는 우습게 알고, 제법 업신여긴다는 말과, 학교가 겨울에는 지독히 춥다는 말도 듣고 왔습니다.

그래서 나는 분명히 분명히 목매 죽거나 얼어 죽은 놈이 있으리라고 생각하였습니다. 얼어 죽은 놈은 반드시 있으리라고 하였습니다. 당장 숭굴숭굴 터진 담 틈으로는 하늘의 별이 보이고, 산산한 가을 바람이 솔솔 불어 들어오더이다. 목매 죽은 귀신이 오면 어떡허나, 금년 겨울에 얼어 죽지나 않을까 별생각을 다하고, 나같이 못난 놈을 하늘같이 믿고 있는 우리 어머님과 동생들 생각을 하다가 모르는 새에 잠이 들었습니다.

다음날 오후에 나는 컴컴한 방 안에 있기가 싫어서 혼자 뒷산으로 올라갔습니다. 가을 하늘이 마치 잔잔한 호수같이 맑고, 넘어가던 석양빛은 먼 산 가까운 촌을 자홍색으로 물들여 놓았더이다. 나는 산꼭대기까지 올라가서 아랫동네를 내려보다가, 저──건너편 읍내에 대문은 기울어지고 담이 무너지고, 기와가 떨어진 한편 쪽을 저문 햇빛에 목욕시키는 향교를 보고 감개한 느낌을 못 이겨 하는데, 내 발밑에서 '선산님!' 하는 소리가 들리더이다. 나는 깜짝 놀라서 굽어본즉 어디서 잠깐 본 듯한 아이가 숨이 헐떡헐떡하면서 나를 쳐다보고 있더이다. 얼굴은 둥그렇고 머얼건데, 눈에 흰자위가 많고 빙글빙글 웃는 것이 어째 수상하게 보이더이다. 그 웃음은 나를 반기는 것인지, 너는 또 무얼 하러 왔니? 하고 성가신 물건이라는 표정인지 알 수 없는 이상한 웃음이더이다.

밥 먹으래! 하는 말에 웃음을 참지 못하였으나, 그애가 박 교감집 아이인 줄은 얼른 짐작했습니다. 나는, 오냐 가자 하고 내려가면서, 네 이름이 무어냐? 하고 물었습니다.

칠성이, 이것이 그 대답이었습니다. 머리를 한번 끄덕하더니 다시 흔들고는 입을 벌리고 나를 쳐다보더이다. 나는 속으로 짐작되는 것이 있어서 다시 더 묻지 아니하고 그 손을 잡고 슬금슬금 내려갔습니다.

내려가면서, 나이는 몇 살이냐? 물은즉 얼굴이 갑자기 이상해지면서 대답을 아니하기에 다시 한 번 물었습니다. 그때에야 입술을 쫑긋쫑긋하더니,

"응──열세 나서."

이상한 소리를 지르겠지요. 나는 다정하게,

"너 학교에 다니니?"

말을 이어 물었습니다.

"응."

"몇 년급이냐?"

이 말에는 대답을 아니하고 히히 웃더니, 내 손을 뿌리치고 갑자기 큰 소리를 내서,

〈학도야 학도야 청년 학도야〉 노래를 부르고 먼저 막 달아나더니 보이지 아니합니다.

내가 장차 가르칠 득영학교 학생으로 처음 만난 것이, 이 이상한 아이 칠성이었습니다. 나는 하도 우습기도 하고 이상해서, 이리저리 생각을 하면서 천천히 박 교감 집으로 내려가 저녁을 먹었습니다.

**2**

내려가서 알아보니까, 칠성이는 박 교감의 누이 되는 과부의 아들이라 합니다.

이튿날 아침에 밥을 먹는데, 지난 저녁에 나를 부르러 와서 만났던 칠성이가 방문 밖에서 나를 보고, 반가운 듯이 벌쭉벌쭉 웃으며 문지방을 손톱으로 뜯고 서 있더이다.

"칠성이냐, 밥 먹었니?"

나도 반가워서 말을 붙였으나, 아무 대답도 아니하고 그냥 웃기만 하더이다.

나는 이리저리 주의도 하고 말을 들어서, 하루이틀 지내는 새에 칠성이의 사정을 대강 알게 되었습니다.

그 칠성이의 성은 정씨인데, 본시부터 좀 부족하게 태어났다 합니다. 말하자면 천치지요. 그 모친은 청춘에 그 남편을 잃고 본가로 돌아와서,

칠성이와 그 위로 열여섯 살 된 딸 하나와 두 아이를 데리고, 그 오라버니 박 교감을 의지하고 한집에 같이 사는 것이었습니다.

박 교감도 처음에는 천치란 것을 감추고 있더니, 하루는 종내 그 생질이 천치인 것을 말하고, 가르쳐야 쓸데없어 단념을 하였다는 말을 들었습니다.

박 교감의 말을 들은즉, 그 매부되는 사람이 본래는 그 집이 읍내의 갑부로서, 열두 살에 혼인을 했는데, 그때부터 몹시 잡기를 좋아해서 며칠씩 밤을 새워 가면서 투전을 하는 것이 보통이요, 그 어머니는 마음이 약해서 번번이 돈을 당해 주는데, 그것을 그 부친이 알면 벼락같이 노해서 야단을 하기 때문에, 자기 누이는 출가한 후로 하루도 옷 벗고 편안히 잠을 자 본 일이 없었다고 합니다. 그러나 매부는 차차 술먹기를 배워서 나중에는 아주 큰 술꾼이 돼 버려서, 술을 잔뜩 먹고 들어와서는 돈 내라고 야단하여 무죄한 그 아내를 함부로 꼬집고 때리니, 그 누이는 청춘 시절을 장 눈물로 보낼 수밖에 없었다고 합니다. 나중에는 계집질까지 하고 돌아다니다가, 또 종내 아편침을 맞기 시작해서 아편 중독자가 되고, 주색의 여독으로 무서운 병이 들어서 고생을 하다가 죽었다고 합니다. 아버지도 술을 몹시 먹었는데, 젊어서 죽고, 칠성이의 아버지도 부친의 그 뒤를 그대로 따른 모양이외다.

박 교감에게 이런 말을 들은 뒤에 한 주일 지난 일요일날인데, 나는 갑갑해서 박 교감하고 이야기나 하려고, 오후에 저녁때는 아직 이르나, 슬금슬금 내려갔습니다. 박 교감은 없고 한 삼십 될락말락한 아직 젊은 부인이 안으로 향한 문을 열더니 밥상을 들고 들어오더이다. 나는 얼른 칠성이의 어머닌 줄 알았습니다.

나는 젊은 부인이 밥상을 가지고 들어오는 것이 황송하기도 하려니와, 수줍은 생각에 그 얼굴을 바라보지는 못하였습니다. 그는 무슨 말을 할 듯말듯하다가 머리를 숙이고 그냥 나가 버렸습니다.

내가 밥을 다 먹고 나니까, 칠성이의 어머니가 다시 들어오더니 이번에는 문 안에 앉더이다. 머리를 숙이고 한참이나 있더니 말을 꺼내더이다.

"선산님."

"네."

하고 나는 공손히 대답하였습니다. 부인은 그 아래를 이어,

"이렇게 말씀드리기는 어려워도……."

하고, 또 말을 그치더니, 조금 있다가,

"저것을 하나 믿고 사는데, 암만 일러도 하는 공부는 아니하고 장난만 합네다가레. 공부를 할래두 배와 주는 것을 암만해도 깹드지를 못해요. 그래서 선산님들이 내종엔 화가 나서 내던지군 합네다가레. 저걸 어떠합네까."

부인은 옷고름으로 눈물을 씻으면서 말을 이어,

"선산님이 저걸 어떻게 좀 가라쳐서 사람을 맨들어 주시……."

말을 마치지 못하더이다. 나는 잠시 대답을 못하고 앉았다가,

"네——걱정마십시오. 내 기어이 가르쳐 놓지요."

나는 대답할 수밖에 없었지요.

"기애가……."

하고 부인이 다시 말을 꺼냅디다.

"장난을 해도 별하게 해요. 무엇이든지 눈에 보이는 대로 깨뜨리고 찢고 뜯어 놓아요. 그래서 저의 외삼춘한테 늘 매를 맞군 합네다가레. 또 어떤 때는 무엇을 제법 만들어 놓아요. 한번은 칼을 가지고 무엇을 자꾸 깎더니 총을 맨들었는데 모양은 제법 되었어요. 또 한 번은 무자위래는 것을 맨드누라고 눈만 뜨면 부슬부슬 애를 씁데다가레. 남들은 공부하는데 공부는 아니하고 장난만 하는 것이 너머 송화가 나서, 하루는 밤에 그것을 감초았지요. 그랬더니 아침에 그것을 찾다가 없으니까 밥도 안 먹고 자꾸 울어요. 그래서 하는 수 없이 도루 내주었지요. 그리구 또 별한 버릇이 있어요. 무엇이든지 네모난 함이나 곽이 있으면 그것은 한사하고 모

아들였다가 방에 그득하게 쌓아 놓아요."

　나는 이 말을 듣고 비로소 칠성이의 머리 뒷덜미가 쑥 나온 것을 생각하고, 평범한 아이는 아닌 줄을 알았습니다. 그리고 어떻게든지 잘 가르쳐 보기로 결심하였습니다. 부인은 젊은 사나이 혼자 있는 데 들어와서 길게 이야기한 것이 부끄러운 생각이 났던지, 얼굴이 버얼개서 일어서 밥상을 들고 나가는데, 오래 갖은 고생을 겪은 흔적이 얼굴에 분명히 드러나 보이더이다. 그러나 귀밑에 조금 나온 그 옻칠한 듯한 머리털이며, 그 맑은 눈과 붉은 입술은 오히려 청춘을 못 잊어하는 빛이 보이며, 처녀 때, 아씨 때에 동리 젊은이의 속을 태우던 한때는 부잣집 며느리였다는 모양이 넉넉히 드러나더이다.

### 3

　나는 그 어머니가 눈물을 흘리면서 부탁하던 말을 들은 뒤에는, 특별히 힘을 써서 칠성이를 가르치려고 하였습니다. 내게 있는 온갖 지식을 쥐어짜고, 할 수 있는 데까지 시간을 바쳐서 살살 달래 가면서 가르쳤습니다.

　나는 혼자 갑갑하기도 하려니와, 칠성이가 너무 불쌍해서 매일 산보할 적마다 늘 손목을 잡고 다니면서, 정다운 말로 이야기를 해 주고 한 번도 책망을 하지 아니하니까, 다른 사람은 다 무서워 흠칠흠칠 하건마는, 나만 보면 늘 싱글싱글 웃고 제 동무같이 알게 되었습니다. 그래서 내 말은 매우 잘 듣게 되었습니다.

　그런데, 한번은 내가 어디 갔다가 학교로 올라가서 내 방에 들어가니까, 칠성이가 내 방에 혼자 있더이다. 내가 오는 것을 보고 무엇을 얼른얼른 감추더니 또 싱글싱글 웃더이다.

　"너 무엇을 감추니? 나 좀 보자꾼."

　웃으면서 이렇게 달랬습니다. 칠성이는 자리 밑에 감추었던 것을 꺼내면서,

"이거야, 누수필이야."

내게 만일 재산이 있고 하면 오직 하나의 재산일 뿐 아니라, 내가 끔찍이 귀애하는 만년필——내가 동경 가서 ○○대학 ××과를 졸업할 때에, 내 의동생 누이가 영원히 잊지 말라고 사 보낸 워터맨 만년필은 벌써 원형을 잃어버리고, 다시 소용 못 되게 조각조각 해부를 하고, 동강동강 꺾어졌더이다.

나는 하도 기가 막혀서 입맛만 다시고 아무 말도 아니하였습니다. 속으로는 몹시 분하고 성이 나는 것을 억지로 참았습니다.

그 다음날 나는 웃으면서,

"너 누수필 왜 뜯어서 꺾었니?"

물었습니다.

"꺾어 볼라구, 물감이 왜 자꾸 나오나 볼라구."

이렇게 대답하고 이상스럽게 나를 쳐다보더이다. 그래 나는 할 수 없이 이렇게 말했습니다.

"이담에는 무엇이든지 나하고 같이 뜯어 보자. 너 혼자 하면 안 돼!"

나는 아무에게도 이 말을 하지 아니하였습니다.

그리고 오후에 아이들을 보내고 책을 좀 보다가, 동리로 내려가서 칠성이를 찾으니까 벌써 어디 나가고 없더이다. 혼자서 천천히 동리 밖으로 나갔습니다. 거기는 조그만 개울물이 흘러가는데, 늙은 버드나무가 하나 서 있습니다.

늦은 가을 석양이라, 하늘은 맑고 새소리 하나 아니 들리고 사방이 고요한데, 누가 고운 목소리로 창가를 부르는 소리가 들리더이다. 그 소리는 꼭 내가 열일곱 살 된 해 여름에 평양 사랑 고을이라는 데 갔을 때, 옆의 방에서 들리던 어떤 어린 여학생의 찬미 소리 같더이다. 그야말로 옥을 옥판에 굴리는 소리같이 맑고 고운 소리였습니다. 놀랐습니다. 그 소리의 주인이 칠성인 줄을 어찌 알았으리까. 칠성이의 목소리가 그렇게 좋은 줄은 몰랐습니다.

하늘빛, 석양볕, 맑은 개울, 늙은 버드나무, 거기에 천진스러운 소년, 꼭 그림이외다. 소년은 천사외다.

나는 가만가만히 수양버들 옆으로 가까이 가 보았나이다. 칠성이는 모래밭에 펄쩍 주저앉았는데, 마침 떼를 지어 날아가는 기러기를 바라보고 혼자서 흥이 나서 노래를 부르던 것이더이다. 내 눈에는 아무리 하여도 칠성이가 천치같이는 보이지 아니하더이다. 나는 속으로 너는 자연의 아이로구나, 네가 시인이로구나, 하고 한참 생각에 잠겼나이다.

나는 두 번째 놀란 일이 있습니다.

칠성이가 나를 보더니 벌떡 일어나면서,

"선산님!"

부르더이다.

나는 웬일인가 하고 칠성이의 옆으로, 무얼 하고 있니? 물으면서 갔습니다.

"젓지 않고 저 혼자 가는 배를 만들었는데, 가요! 가요!"

입을 벌리고 손뼉을 치면서 뛰놀더이다.

나는 가장 반갑고 기쁜 듯이, 실상은 한 호기심으로 무엇을 가지고 그러는지 보았습니다. 과연 칠성이의 옆에 장난감 같은 조그만 배가 놓여 있더이다. 나는 그 내용을 살펴보려고도 아니하고, 한 번 다시 실험해 보기를 청하였습니다. 칠성이는 자기 배를 가지고,

"썩 잘 가는데!"

하면서 물가로 가더이다. 돌아서서 잠깐 꾸물꾸물하더니 어느 새 물에 띄웠는지 벌써 찌르르 하면서 달아나더이다.

나는 칠성이와 같이 손뼉을 치고 기뻐했습니다. 나중에 보니까 '젓지 않고 가는 배'의 장치는 양철과 고무줄과 쇠줄 같은 것으로 만든 모양인데, 보자고 하여도 보이지는 아니하더이다. 그래 억지로 보려고도 아니하고 내버려두었습니다.

## 4

나는 불쌍한 칠성이를 위하여 힘도 많이 써 보고, 여러 가지로 연구도 많이 해 보았으나, 별로 시원한 결과가 생기지 않고, 칠성이는 여전히 한 알 수 없는 아이였나이다.

그러나 칠성이의 모친은 때때로 나를 보고 아들을 위하여 부탁을 하고, 의복과 음식을 아주 집안 사람같이 친절히 해 주었습니다. 어머니의 말을 들은즉 박 교감은 분명히 자기의 아들과 누이의 아들을 무엇이나 차별있게 한다고 하고, 칠성이가 하루에 한 번씩은 으레 매를 맞는다 합니다.

그럭저럭 하는 새에 겨울이 되고 눈이 오게 되었습니다. 나는 어떤 날 저녁에 책을 보기에 재미가 나서 시간이 좀 늦어서 박 교감 집으로 갔습니다. 갔더니 칠성이가 아침부터 없어졌다고 온 동리를 온통 찾아보고 야단법석이 났습니다.

"아차!"

나는 놀랐습니다.

"선산님, 칠성이가 없어졌어요."

어머니의 호소를 듣고 나는 가슴이 뜨끔했습니다.

무엇으로 대갈빼기를 얻어맞은 것같이 골이 아팠습니다. 나는 박 교감 집 머슴을 하나 데리고, 그 어머니와 같이 등불을 가지고 개울로 나가 보았습니다. 그 모친은 어쩔 줄을 모르고 울면서,

"칠성아! 칠성아!"

부르짖었습니다.

개울에는 아무리 찾아보아야 없더이다. 칠성이가 배를 띄우던 개울물은 여전히 말없이 흘러가지마는, 칠성이의 간 곳은 도무지 알 수 없었습니다. 나는 지난 가을에 칠성이가 모래 위에 앉아서 고운 목소리로 노래

를 부르던 생각을 하고, 그 어머니가 칠성아! 칠성아! 아들 찾는 소리가
학교 뒷산에 울리는 처량한 소리를 듣고, 눈물을 아니 흘리지 못했습니
다. 나는 저녁도 못 먹고 밤에 잠도 못 자고 칠성이의 일을 곰곰 생각했
습니다.

그 이튿날 오후에야 칠성이를 찾았습니다. 찾기는 찾았으나 말 못하고
차디찬 칠성이를 찾았습니다.

이튿날 새벽에 동리 사람이 평양으로 가다가 길가 버드나무 밑에 앉아
서 죽은 시체를 발견했다고 합니다. 그것이 박 교감의 조카 칠성인 줄 알
고, 도로 와서 알려 주어서 사람을 보내 시체를 찾아왔다고 합니다.

내가 학교에서 내려가니까, 칠성이의 어머니는 아들의 시체 위에 엎드
려서 아무 정신을 못 차리고 흑흑 느끼기만 하다가, 이따금 하는 말은,
죽은 칠성이를 흔들면서,

"칠성아! 칠성아! 일어나 밥 먹어라."

그 어머니는 거의 다 미쳤더이다. 과연 못 볼 것은 외아들 잃어버린 과
부의 설워함이더이다.


### 5


마지막에 내가 말 아니할 수 없는 것이 있습니다. 꼭 내가 자백하여야
될 일이 있습니다.

칠성이가 없어지기 전날에 학교에서 어떤 큰 학생의 시계가 없어졌습니
다. 그래서 나는 학생을 하나씩 불러서 몸을 뒤져 보았습니다. 그 시계가
마침내 칠성이의 몸에서 나왔습니다. 시계는 벌써 다 결딴이 나 버렸더이
다. 나는 칠성이의 버릇을 알면서도, 전에 내 만년필 버린 생각도 다시
나고, 내가 여지껏 애쓴 것이 허사로 돌아간 것이 너무도 분해서, 전후를
생각지 아니하고 채찍으로 함부로 때리기를 몹시 하였습니다. 칠성이가
죽은 때문입니다. 칠성이는 내가 죽인 셈입니다. 칠성은 남이 가진 시계

에 욕심을 내어서 훔친 것은 아니외다. 똑딱똑딱 가는 것이 이상해서 깨뜨려 보려고 훔친 것인 줄 확실히 아나이다. 칠성에게는 네 것 내 것이 없었나이다. 동무가 가진 시계나 길가에 있는 나뭇개비나 다름이 없었나이다. 그는 무엇이나 이상한 것이 있으면 끝까지 보고야 마는 열심을 가졌었나이다. 내 만년필을 꺾은 것도 그것이외다. 나는 그것을 방해하였나이다. 나뿐 아니라, 자기 주위에 있는 사람은 모두 칠성이의 하는 일을 방해하였습니다.

나도 그 사람 가운데 하나이었습니다. 그런 동네, 그런 세상을 칠성이는 떠났습니다.

그리고 칠성이는 평시에 늘 평양 간다는 말을 하였나이다. 한번은 혼자서 평양을 다녀왔다고 하더이다. 돈 한푼 안 가지고 길도 모르고 평양을 간다고 가다가, 날이 저물어 그만 나무 아래서 돌을 베고 잤다는 말을 들었나이다.

이번에도 두 번째 평양을 가다가 추워서 가지 못하고 앉았다가 길가에서 얼어 죽은 것이더이다.

또 한 가지 말할 것은 자기 어머니의 의롱 속에서 칠성이의 글씨를 발견한 것이외다.

'내 맘대루 깨뜨려 보고, 내 맘대루 맨들고, 그리카구 또 고운 곽 많이 얻을라고 페양 간다.'

이런 말을 쓴 것을 나도 보았습니다.

칠성이가 찬바람 몹시 부는 겨울에 버드나무 밑에서 눈 위에 쪼그리고 앉아서, 두 손을 모으고 호호 불면서 바들바들 떨다가 죽은 것은, 오직 밤새도록 자지 않고 반짝이던 하늘의 별들이 내려다보았을 줄 아나이다.

가련한 칠성이는 지금 자기 하는 일을 방해하는 어머니도 없고, 자기를 때리는 외삼촌이나 훈장도 없고, 자기를 놀려 먹는 동무도 없는 곳으로——저——구름 위로 별 위로 올라가서, 마음대로 하고 싶은 것 하고 편안히 있을까 하나이다.

나는 다시 더 득영학교에 있기가 싫어서 겨우 사흘을 지내서, 칠성이의 묘를 한번 찾아보고 봇짐을 꾸려 지고 정처없이 떠났나이다. 이제는 무슨 노릇을 해 먹을지 모르는 길을 떠났나이다.

# 흰 닭

1

우리 집에는 한동안 햇닭 세 마리가 있었다. 다같이 암탉이었으나 그 중 한 마리는 흰 닭이었다. 그 흰 닭은 처음에 사 올 때부터 우리의 주의를 끌었다. 그 하얀 털의 고른 것과 그 기름기 있는 빛깔이며, 또 고개를 까뜩까뜩하며 다니는 그 걸음걸이가 어떻게 예쁘고 점잖은지 사람으로 치면 분명히 공주의 위격을 가졌다.

2

그립던 벗이 먼 곳으로부터 왔다. 멀리서 온 벗을 무엇으로써 차려 대접할까. 나는 어려서부터 끔찍이 반갑고 은혜스러운 손님에게는 종자 암탉을 잡아 대접하는 이야기를 많이 들었고, 또 내가 몸소 나그네가 되었을 때에 닭으로 대접받은 일이 흔히 있었다. 더구나 여러 가지로 맛나고 빛나는 요리를 만들 줄은 모르기도 하려니와 복거리 여름이라 만들기가 괴롭기도 하여서 간단히 있는 닭을 잡아 대접하기로 내 아내와 작정하였다. 그러나 이것은 적지 않은 희생이요, 또한 큰일이다. 왜 그런고 하니, 그 닭은 약에 쓰려고 사 왔던 것이요, 닭을 잡으려면 내가 손수 그것을 죽이지 않으면 안 되는데, 내게는 그것이 여간 큰일이 아니다.

내가 닭을 죽이기 시작한 것은 딴살림을 시작한 때부터였다. 죽이기가 퍽 끔찍하고 잔인스럽지만 여편네들은 못하나 사나이로서야 그까짓 것을 못하랴 하고 마음을 단단히 먹고 시작하였다. 그러나 붙들려서 펄떡펄떡거리고 목을 베어서 피가 나온 뒤에도 살겠다고 푸덕푸덕 요동을 할 때마다 꽤 거북하였다. 이번에도 또 불가불 닭을 잡게 되었다. 아직 사 온 지가 몇 날이 못 되어 발목에 노끈을 맨 대로 그냥 있다. 암탉 세 마리는 이제 죽을 줄도 모르고 알 낳는 닭이 수탉 찾는 이상한 소리를 하면서 붙들려매인 끄나풀을 졸졸 끌고 먹을 것도 없는 뒤뜰에서 모이를 찾는지 여기저기 왔다갔다 땅을 쫀다.

나는 도둑 잡으려는 순경처럼 뒤로 살살 따라가다가 끌고 다니는 끈을 밟아서 그 한 놈을 잡았다. 잡아서 두 발을 맞붙들어 매어 광 안에 내던졌다. 방금 옆에 있는 제 동무가 잡힐 때에 약간 놀란 듯이 잠깐 피하던 다른 놈은 또 여전히 발로 땅을 헤치고 먹을 것을 찾고 있다. 나는 또 같은 방법으로 끌고 다니는 끈을 밟아서 잡았다.

나는 부엌칼을 장 항아리에 갖다 대고 잠깐 갈았다. 붉은 녹이 없어지고 시퍼렇게 날이 섰다. 작은 공기 하나를 가지고 대문간으로 갔다. 한편 발로 붙들려매인 두 발을 꽉 밟고 한편 발로 두 죽지를 겹쳐서 밟고 모가지를 잡은 다음에 털을 좀 뜯었다. 그리고 칼로 거기를 몇 번 베었다. 몹시 아프고 괴로운지 펄떡펄떡 두 발을 놀리고 온몸을 푸덕푸덕한다. 나는 더욱 발에다 힘을 주고 손에 힘을 주어 목을 꽉 붙잡고 또 몇 차례 베었다. 닭의 목에서는 붉은 피가 줄줄 흘러서 공기에 방울방울 떨어진다. 한참 붙들고 피가 나오고 죽기를 기다렸다. 손아귀가 아프도록 붙잡고 있었는데도 그래도 좀 약하기는 하나 이따금 몸부림을 친다. 나는 잊어버렸던 듯이 얼른 숨구멍을 찾아서 베었다. 그랬더니 씨르륵 소리가 나고 한 번 푸르르 떨더니 그만 늘어진다. 그래서 인젠 죽었구나 하고 그러면서도 튼 튼히 하노라고 목을 비틀어서 죽지 속에 넣고, 발목 매인 끈으로 몸뚱이 를 얽어매어서 한편 모퉁이에 내던지고 그리고 다음 놈을 죽이려고 달라 붙었다. 처음에 하던 모양으로 또 한 놈의 목을 붙잡고 칼로 목을 베고 있는데 옆에서 푸덕푸덕 소리가 난다. 나는 깜짝 놀라서 쳐다보니까 먼저 죽여 놓은 놈이다. 꼭 죽은 줄 알았던 놈이 아직도 펄떡펄떡 뛰며 이리저 리 뒹굴고 있다. 나는 속으로 이놈이 아직도 살았나 하고 거기에 떠나간 행랑사람이 부엌 소용으로 갖다 놓았던 다듬잇돌 깨어진 것으로 지질러 놓았다. 그리고 다시 한 놈을 마저 죽여 놓았다. 이번에는 피가 나오고 숨통까지 잘라도 졸연히 죽지 않아서, 목을 베고 베고 자꾸 베다가 아주 잘라 버렸다. 몸뚱이와 딴 토막이 나 버렸다. 이 모양으로 두 놈을 잡고 나니까 가뜩이나 더운 때라 등에 온통 땀이 배었다.

이것도 벌써 몇 번 해서 익어 났기 그렇지 처음에는 서툴러서 목을 베 어서 피가 잔뜩 흐른 놈이 별안간 요동을 해서(그것은 발로 잘 밟지 못하고 숨통을 자르지 않았거나 혹은 워낙 기운 센 놈이기 때문에) 피가 온통 옷에 튀고 얼굴에까지 튀게 된다. 이런 때는 손발이 떨리는 것을 나는 악을 써 서 어떻게든지 죽여 놓는다. 이때에 끼약 하는 마지막 소리가 이상스럽게 귀에 울린다. 그리고 다 죽은 줄 알았던 놈이 펄떡펄떡 공중에 뛰어오르 는 것을 보고 무섭기도 하고 가엾기도 하고 이상하였다. 제 원수되는 나 를 저주하는 듯도 하였다. 그래 다시는 이 일을 아니하겠다고 생각한 일 도 있었다. 그래도 이제는 익어서 아무렇지도 않다. 별로 힘을 안 들이고 한다. 그래도 이번에도 다 죽었던 놈이 펄떡거릴 때에는 저를 죽인 원수 를 저주나 하는 듯하였다. 아무려나 목숨이 살려고 끝끝내 애쓰고 죽지 못해 펄떡거리는 것을 보고 당장에 같이 목숨을 가진 사람은 무심히 볼 수 없다. 차마 못할 짓이다.

**3**

그런데 내가 이번에 잡아 죽인 두 마리는 다 공주닭(흰 놈)은 아니었다. 이날에 두 마리만 잡기로 하였으나 어찌하여 흰 닭 한 마리만 남고 다른 두 마리가 붙잡히었는가. 두 마리만 잡기로 작정이 있었으나, 흰 닭은 두어 두고 다른 두 마리만 잡기로는 가정회의 의결에도 없었거니와 내 마음에도 아무 작정이 없었다. 그리고 흰 닭은 숨거나 달아나고 다른 두 놈만 잡히기 쉽게 있어서 손쉽게 붙든 것도 아니었다. 세 놈이 다 몰려다니고 다같이 붙들려매인 끈을 끌고 다니었었다. 그러나 내가 다른 두 놈만 붙잡고 흰 것을 아니 붙잡은 것은 다만 그것이 흰 것이라는 것밖에 까닭이 없었다.

지금 생각해 보니까 흰 놈은 다른 것과 같이 정신없이 먹을 것을 찾지 아니하고 그 기름기 있는 털이 곱게 덮인 대가리를 약간 쳐들어서 까뜩까뜩하면서 하늘을 쳐다보고, 남보다 분명히 점잖은 태도를 가지고 걸음걸이를 하였다. 그래 그것은 잡아먹을 것이 아니요, 우리 집에 있는 손님이나 식구처럼 생각되어 그냥 둔 듯하다. 아니 그보다 우리 집 동쪽 모퉁이에 심은 보잘것없는 화단에 있는 봉선화나 백일홍이나 금잔화같이 생각된 것이다. 왜 그런고 하니 그 흰 닭에 대하여는 잡으려는 뜻도 아니 가지고 다른 닭을 잡을 때에 그 편으로는 발도 향하지 않고 눈도 거들떠보지 아니하였다.

아무려나 세 마리 가운데서 다른 두 마리는 죽고 흰 닭 한 마리만 살았다. 그러나 다른 두 마리는 잡힐 때에 어찌하여 하필 우리만 잡는가 하고 원망하는 것 같지도 아니하고 흰 닭은 그 안 잡히는 것을 기뻐하거나 자랑하는 빛도 아니 보였다. 잡힌 두 놈이 우리만 죽는 것도 운명이다 하는 것 같지도 아니하고 흰 닭이 너희가 죽는 것도 운명이요, 내가 사는 것도 운명이다 하고 운명론을 가지는 것 같지도 아니하였다. 같이 살던 동무

둘이 잡혔으니 나도 그 모양으로 잡힐 터이지 하고 두려워 떨고 있는 것 같지도 아니하다. 그저 한모양으로 사알살 돌아다녔다. 벌써 붙들어맨 것도 풀어 주었다. 그러나 달아날 듯싶지도 않다.

그런데 그날 저녁 일이다. 손님을 대접한 뒤에 저녁상을 물리고 손님들도 아직 가지 아니하고 앉아서 이야기들을 하고 있는데, 누가(아마 잠시 손님으로 유하시던 우리 누님 같다) 소리친다.

"닭이 없어졌다!"

흰 닭이 없어졌다는 이 소리가 내게는 무슨 큰 변 난 소리처럼 들렸다. 흰 닭이 없어졌어? 그럴 리가 있나 하면서 퍽 이상스럽게 생각되었다. 누님은 여기저기 좀 찾아보시다가, 나중에는 촛불을 켜 가지고 대문간과 뒷간과 뒤뜰을 온통 찾아보았으나 종내 찾지 못하였다. 그래서 여러 사람의 공론은 이러하였다. 혹은 어두우니까 어디를 나가서 박혀 자겠지, 혹은 잘 데라고 남의 집 담장으로 올라갔다가 붙들리었겠다 하고 이웃집을 의심하고 혹은 어둡기 전에 밖에 나가고 안 들어왔다고 했다. 그런데 내 생각에는 처음 것도 아니요, 둘째 것도 아니요, 마지막 것과 합하였다. 종내 나가 버렸군, 나는 이렇게 생각했다. 아무 생각도 없이 곱게 집 안에 있는 줄 알았더니 종내 나가 버렸군. 은연중에 우리는 자기를 사랑하여 왔지만 그래도 우리를 믿을 수 없던지 그만 달아나 버렸군. (암만 그래도 며칠이 못 되어 네 손으로 또 내 목을 베어서 나를 지져 놓고 둘러앉아 웃고 지껄이며 즐기고 놀지. 지금 그러는 모양으로…… 나는 간다) 이렇게 생각하고 나간 것 같다. 필경 우리가 한참 정신없이 닭고기를 먹으며 이야기하던 꼭 그때에 나갔다. 우리가 저희 동무의 고기를 먹으며 아무 생각도 없이 즐기고 있는 것을 뜰 한모퉁이에서 보다 못해, 혹 마루 밑에서 듣다 못해 나가 버린 것 같다. 그래서 그날 밤에는 잘 자리에서도 흰 닭 생각이 나서 이리저리 생각을 하였다.

잠이 깊이 들기도 전에 역시 누님 목소리로 '닭이 있다.' 하는 소리에 잠이 깨어 벌떡 일어났다. 나가 버린 줄 알았던 닭이 참말 있다. 툇마루

모퉁이에 큰 테이블이 있고 그 위에 책들을 함부로 쌓아 두었었는데 닭이
그 위에를 자기 잘 자리로 정하고 웅크리고 있다. 그런 것이 마루에 켜
놓은 전깃불이 비쳐서 자지를 못하고 꾹꾹 소리를 하는 것을 누님이 듣고
그러신 것이다. 누님과 아내는 퍽 기뻐한다. 나도 기쁘다. 누님은 애써
찾으시던 것이 있으니 기뻐하는 것이요, 아내가 기뻐하는 것은 닭 한 마
리를 잃어버리지 아니하고 찾았음이다. 그러나 내가 기뻐하는 것은 애써
찾던 것이 있음도 아니요, 닭 한 마리를 잃는 손해를 보지 아니함도 아니
요, 공주닭이 없어지지 아니하고 있음이다. 공주닭이 저녁에 생각하였던
바와 같이, 나를 돌이켜 흘겨보고 '나는 간다.' 하고 나가지 아니함이었
다. 그래서 나는 공주닭이 나간 불안과 이웃집을 의심하는 의심도 없어지
고 마음놓고 다시 잠이 들었다. 그리고 자리에 누워서 혼자 생각으로, 인
젠 저놈을 기르리라 하였다.

그 다음에는 비는 아니 오고 매일 내리쬐어서 어떻게 더운지 마치 사람
이 화로 속에 사는 것 같았다. 흰 닭도 더위를 못 견디어 낮에는 나무 밑
에 가만히 엎드려 있고 선선한 저녁때에는 슬금슬금 밖에 나갔다가도 이
내 들어오곤 한다. 그리고 어두우면 툇마루 책상에 놓인 책 위에 올라가
잔다. 아침 저녁에는 메풀이(세 살 먹은 우리 집 애)를 시켜서 양식의 쌀
에서 고른 뉘로 모이를 주게 하여 먹인다. 그만하면 이제 흰 닭은 우리
집 식구가 되었다.


### 4


나는 석왕사에 한 두어 주일 동안 있다가 돌아왔다. 나는 오면서 차에
서도 공주닭이 어떻게 되었노, 생각을 하였거니와 석왕사에 있는 동안에
도 여러 번 생각하였다. 저녁때에 차에서 내려 들어와서 옷을 벗고 숨을
돌린 뒤에 돌아보니까 뜰에서 사알살 돌고 있을 닭이 안 보여 이상스럽게
생각하였다. 혼자 생각으로 종내 나갔나? 그만 잡아먹었나? 하였으나 닭

의 말부터 먼저 묻기가 무엇해서 아무 말도 않고 있었다.

저녁을 먹은 후에 나는 종내 물어 보았다.

"흰 닭이 어떻게 되었소?"

"잡아먹었어요. 이가 잔뜩 끓어서 죽어 가는 것을 석유를 발라 주었더니 그래도 낫지 않기에 그만 잡아먹고 말았어요."

아내는 이렇게 이야기하였다. 나는 이 말을 듣고 퍽 섭섭하였다. 나는 운명을 생각하고 그리고 이번 석왕사에서 들은 설교가 생각났다. 살생한 사람이 가는 끔찍한 지옥 이야기. 그 중에도 달걀을 늘 구워 먹던 아이가 섶나무 불이 깔린 방에 갇혀서 안타까이 왔다갔다하다가 발이 데어 죽는다는 이야기를 생각하였다.

그날 저녁에 자려고 하는데 툇마루 테이블 위에서 닭이 꾹꾹 하는 소리가 들렸다. 그후에도 이따금 내 머리에는 '공주닭', '흰 닭' 이런 생각이 지나갔다.

# 바람 부는 저녁

1

바람 불고 몹시 추운 저녁이었다. 정옥은 학교에 갔다 와서 '에 추워' 하면서 건넌방으로 들어갔다. 들어가서 책상에 책보를 놓고 나니깐 전보 한 장이 놓였다.

"어쩐 전보야."

하고 얼른 뜯어 보았다. 전보의 사연은 이랬다.

'할멈 금야 구시 착'

정옥은 이런 사연을 보고 이마를 찌푸리고 입으로는 웃었다. 그것은 그 전보가 안주 그 본집에서 온 것을 알고 마치 놀이각시 시집 보내는 것처럼 할멈을 보내면서 그것을 하필 자기에게 보내어 어떻게 처리하라는 것이 귀찮고 속상하기 때문에 이마를 찌푸린 것이요, 집에서 그렇게 비루먹은 개처럼 구박하다가 썩은 생선처럼 노래기처럼 보내는 터에 반가운 식구나 손님처럼 전보로 미리 통지를 하고 오는 것이 할멈의 처지에는 고양이 장삼 입은 것 같고 농사꾼이 사모관대나 한 것처럼 격에 맞지 않기 때문에, 더구나 그래도 그것이 서울 간다고 좋다고 춤을 추면서 오겠지 하고 입으로는 웃는 것이다.

"전보들도 잘 하지, 돈들도 많은 게야."

정옥은 쯧 하고 혀를 차고 이렇게 중얼거리면서 전보 종이를 버리고 옷을 갈아입었다.


## 2

벌써 삼 년 전 일이다. 정옥의 둘째오빠가 그 부인과 화합하지 못하여 이혼한 후에 여러 해 동안 혼자 지내다가 새로 장가를 들어 서울서 학교 졸업한 새색시를 맞아들이고 회갑이 가까운 정옥의 모친은 더구나 노환이 몸에 떠나지 않기 때문에 집안일은 돌보아 줄 수 없는 형편이라, 아무리 간단한 살림이라도 식모의 필요가 생겼다. 이러한 사정을 잘 아는 충청도로 출가한 정옥의 언니 정순이 출가한 이후에 처음으로 친정에 오는 길에 할멈을 하나 데리고 갔던 것이다.

그 할멈은 나이 칠십이 가깝고 키가 좀 작고 얼굴은 꺼멓고 커다란 주름살이 많고 보기에도 뻣뻣하고 두꺼운 살가죽을 가진 노파이다. 그리고 아들이나 딸이나 세상에 도무지 혈육이란 하나도 없고 친척이 도무지 없는 그야말로 바위에서 낳았는지 장마비에 섞여 하늘에서 떨어졌는지 난 곳도 모르고 그러니까 제 나이도 모르고 물론 제 생일도 모른다. 아이들이 일부러,

"할멈 몇 살이오?"

하고 물으면 그 대답이 이렇다.

"충청도 있을 때 나하고 의좋게 지내던 처녀가 열일곱 살인데 나하고 동갑이어서 나도 열일곱 살이어."

이 말을 듣고는 온 집안이 웃음판이 된다.

정옥은 몸이 오싹오싹 춥고 머리가 좀 아파서 자리를 펴고 누웠다. 가

만히 누우니 할멈의 생각이 난다. 지난 여름 방학에 집에 갔을 때 보던 생각이 난다. 공연히 싱글싱글 웃고 어깨를 실룩실룩하면서 춤을 추고 다니던 모양이 보인다. 하루 종일 부엌에서 일하고 빨래하고 심부름하다가 어떻게 틈이 나서 주인마님이나 아가씨가 없는데 방 안에 들어오면 고개를 기웃기웃하면서 은근한 목소리로 속삭인다.

"작은아씨 내 춤에 장단쳐 주어요."

"그래, 그래."

그러면 할멈은, 좋다꾸나! 하고 두 팔을 벌리고 고개를 좀 갸웃하고 어깨를 놀리고 볼기짝을 흔들고 다리를 들썩거리면서 돌아간다. 그러다가 흥이 나면 소리가 나온다. 그 소리는 늘 자청해서 하는 꼭 한 가지 소리다.

대모야 풍잠아 너 잘 있거라.
떨어지는 상투는 염낭에 넣고
……(여기는 정옥도 생각이 안 난다.)
도검불 치마는 검어서 좋고
홍당목 치마는 붉어서 좋다.

이상스럽게 우러나오는 딴 목소리를 내어 저 혼자 신이 나서 지껄이면서 춤을 추고 돌아간다. 늘 보고 듣는 것이라 그리 신기하지도 않아서 정옥은 소리를 질러,

"할멈, 어서 나가서 저녁 시작하지, 또 마님한테 걱정 들으면 어떡해."

그러면 할멈은 히히 웃으면서,

"밥은 만날 먹는 걸 그리 급한가, 나는 늘 춤이나 추고 소리나 하라면 좋겠더라. 작은아씨도 지금 그러지 나처럼 늙으면 쓸데없어. 죽으면 쓸데 있나."

"아이 어서 나가 보아, 또 마님에게 야단맞으면 어떡해."

"마님이 왜 야단하셔? 마님이 나를 어떻게 사랑하시는데, 떡도 사 주시고 저고리도 해 주시고 마님도 좀 들어와서 들으시라지. 내 소리를 들으면 모두 잘 한다고 칭찬을 하는데, 이왕에는 인력거 타고 불려 다녔다오."

그러고는 또 희희회회하면서 돌아서 나간다.

할멈은 집에서만 이렇게 소리를 하고 춤을 추는 것이 아니라 남의 집에 가서도 그러고, 거리에 다니면서도 그런다. 할멈은 매일 주인나리의 도시락을 가지고 은행에 가는 것이 한 일과요, 그것이 할멈에게는 큰 기쁨이다. 그 시간이 되기만 기다리다가 그때가 되면 다른 옷을 갈아입고 춤을 추면서 나간다. 은행에 갈 때나 심부름 갈 때나 밖에 나갈 때에는 으레 빨간 주머니 달린 흰 저고리와 검은 치마를 갈아입는다.

할멈은 이 빨간 주머니와 거기에 달린 은노리개가 큰 자랑거리다. 빨간 주머니는 충청도 아씨가 주고 간 것이요, 은노리개는 일본 공부 갔던 작은나리가 준 돈 오 전으로 어느 장날 산 것인데 밖에 나갈 때는 반드시 잊어버리지 않고 달고 나간다. 마님이 흉하다고 떼어 버리라고 해도 기어이 비뚤어매고 다닌다. 그리고 나가서는 거리의 상점에 앉아서 하라지도 않는 소리를 혼자 한다. 그러면 사람이 둘러서서 큰 웃음거리가 된다. 그래서 성내 거리에서는 소리 잘 하고 춤 잘 추는 충청도 할멈이라, 혹은 기생할멈이라 하여 유명하다. 그래서 나가면 으레 상점에 앉아 있는 사람들이,

"소리해라, 춤 추어라."

한다.

할멈은 나이는 육십이 훨씬 넘었지만 마음은 어린애다. 어린애들과 썩 잘 논다. 정옥의 큰집에는 어린애가 없으나 작은집에는 정옥의 조카가 둘이나 있다. 심부름을 갔다가는 그 아이들과 놀고 과자를 얻어먹고 세월 가는 줄을 모르기 때문에 늘 책망을 듣는다. 그리고 아이들에게서 얻어먹을 뿐 아니라 정옥을 보고도 조용한 틈만 있으면 떡 사 달라고 하고 마님과 같이 장에 나가면 '떡 사 달라, 사탕 사 달라' 염치없이 조른다. 그

러면 어떤 때는 사 주기도 한다.

할멈은 몸이 아주 든든해서 힘드는 일도 잘 하고 별로 앓는 일이 없다. 그러다가 일이 정말 고되고 어려울 때에 몸이 좀 지쳐서 앓게 되면 방 한 모퉁이에서 요를 머리까지 온통 들쓰고 끙끙 몹시 앓는다. 그럴 때는 당장 죽을 것처럼 앓는다. 그러면 주인나리는 불쌍한 늙은이라 하여 아랫목에 눕게 하고 이불을 덮어 주고 마님이나 아씨가 친히 부엌에 나가서 밥을 짓는다.

정옥은 지난 가을에 (개학할 임시에 ) 할멈이 찬 비를 맞고 빨래를 하고 나서 그날 밤에 몹시 앓은 것이 생각나서 불쌍한 마음이 생겼다. 그러나 할멈이 대개는 말도 잘 듣고 일도 잘 하고 춤 추고 소리나 하여 낙천적으로 지내지만 조금이라도 심사가 틀리면 큰 소리를 내어 대답을 하고 밥도 아니 먹고 들어와 아프다고 쓰고 눕는다.

할멈이 심사가 틀릴 때에 들어가 병을 앓는 것은 상관이 없으나 주인마님이나 아씨의 말을 안 듣고 항거하여 함부로 덤벼들 때에는 동정하던 주인들도 그만 진절머리가 나서 가만두지 아니한다. 처음에는 주인나리는 불쌍한 늙은이라 하여 역성을 들어 주고 주인 여자들을 잘못한다고 하였다. 그러나 조용하던 집에 정옥이 어머니의 환갑을 지내고, 아씨가 아기를 낳고 하기 때문에, 일도 좀 많아졌거니와 한 가지 까닭은 아무것도 없는 불쌍한 늙은이라 하여 너무 덮어 주고 너무 동정하여 어떤 때는 한집에 세력을 잡은 나리가 주인마님이나 아씨보다 자기를 더 위하는 것처럼 생각하게 하여 실상 분명히 할멈이 잘못하여 책망을 듣고 주인의 노염을 당할 때에도 할멈은 덮어 두고 마님이나 아씨를 그르다고 한 일이 있었기 때문에, 그 마음을 너무 길러 주고 그 성미를 길러 준 결과 마침내 옳거나 그르거나 주인 부인네의 말을 듣지 아니할 뿐 아니라 도리어 주인을 업신여겨서 여러 가지 수욕을 더하고 야단을 하는 일이 그치지 않게 되었다. 이러한 일을 정옥은 친히 목도하여 잘 안다.

정옥은 여름에 갔을 때에 할멈이 심사를 내어 그 어머니에게 대하여 마치 자기 동배로 더불어 싸우는 것같이 아주 거만스러운 태도로 마디마디 큰 소리를 내어 야단하던 것과 그러다가 가엾이 어슬렁어슬렁 대문 밖으로 쫓겨나가던 것과 나갔다가도 마님에게 사과도 아니하고 태연히 들어와서 웅크리고 앉았던 것이 생각나고, 또 한 번은 주인아씨와 충돌되어서 후원 우물가에서 입에 담을 수 없이 고약스러운 욕설을 퍼붓던 것도 생각났다. 그뿐 아니라 밖에 나가서 주인아씨와 심지어 나리의 흉을 선전하였다는 것을 생각하였다. 또 비녀와 돈을 훔쳐서 그 오빠에게 초달을 맞던 생각이 났다. 그때마다 할멈은 불쌍한 것인지 미운 것인지 불쌍히 여겨 도와 주어야 할지 미워서 내버려두어야 할지 알 수 없었다. 그리고 정옥에게는 불쌍한 것을 어떻게 하여 구할까 하는 생각보다도 저 미치광이 같은 것, 저 미친 개 같은 것, 집에서도 어찌할 수가 없어서 종내 쫓아 보낸 것, 이런 생각만 나서 할멈이라는 것은 끔찍하고 무서운 물건, 싫고 괴로운 것같이만 생각되었다. 자리에 누웠던 정옥은 저걸 어떡해, 하며 벌떡 일어나서 나왔다.

### 3

정옥은 부엌에 나가서 주인집 아주머니가 저녁 짓는 데 불을 때어 주고 앉았다.

"참 전보 보소오. 무슨 전봅디까?"

"보았어요, 그까짓 거."

"왜 무슨 전본데."

"우리 할멈이 오신다오."

"응 접때 편지 왔다더니 그게구먼."

"그렇다오, 글쎄 그걸 어쩌면 좋아요?"

"아 나가 보아야지."

"나가 보면 무얼해요, 나가면 만나지요, 만나면 데리고 들어와야요,

들어오면 여기를 두어 둡니까, 그걸 차마 한길에 내다 버립니까."

"그래두 나가 보아야지 그거 불쌍하지 않소?"

"글쎄 아주머니 어떡해?"

"어떡하긴 어떡해, 나가 보아야지. 나오라구 했다지?"

"아이구 난 몰라."

"대관절 편지에 뭐랬습디까? 다시 좀 이야기를 하오."

"무어라고 그러긴 아주머니도 가 보시고 그래. 할멈이 너무 흉악하게 굴어서 암만해도 둘 수 없어서 자기 소원대로 서울을 보내니 너 있는 곳에 네나 데리고 있든지 저 있던 곳이라는 데를 데려다 주든지 충청도 저 회 고향으로 보내든지 하라고 하지 않았어요? 말은 좋지."

"참 그랬지!"

"저 있던 데라는 데가 어데요?"

"사직골이라든가, 내 접때 이야기했지요, 왜."

"그럼 거기 데려다 주지."

"아주머니두, 그게 벌써 몇 해 전인데 그 집이 여태 그냥 있기나 하며, 또 있다면 그따윗걸 무엇이 반가워서 맞아들인답디까?"

"글쎄, 우리 집에라도 두었으면 좋으련만 그럴 수도 없고 어떡하나?"

정옥은 방 안에서 저녁을 먹고 날이 몹시 춥고 바람이 또한 요란스럽게 불기 때문에, 더욱 쓸쓸한 건넌방에 혼자 앉아 있기도 싫거와 건넌방은 춥고 안방은 따뜻하기 때문에 그냥 안방에서 공부하고 있었다.

더구나 내일은 임시 시험이 있으므로 여러 해 교사 노릇하던 아주머니에게 모를 것은 물어 가며 수학을 복습하기에 골몰했다. 새로 난 교과서의 미터법은 옛날에 공부한 아주머니도 가르쳐 주지 못하기 때문에 정옥이 혼자서 교과서와 필기책을 가지고 씨름을 하면서 몹시 애를 쓴다.

그러다가 정옥은 우연히 아랫목 담벼락에 걸린 큰 시계를 쳐다보았다. 시계를 보고 '아이쿠!' 하고 부르짖었다. 작은 침은 Ⅸ 자를 지나고 큰침은 Ⅵ에 가까웠다. 신의주 방면에서 오는 찻시간은 아홉시 이십분이라 벌써 도착한 지 오랬다. 정옥은 무슨 큰 죄나 지은 것같이 멍하니 앉았다.

정옥의 눈에는 커다란 보퉁이를 옆에 끼고 정거장 구내에서 두리번두리번하고 허둥지둥하는 할멈이 보였다. 그러다가 마중 나올 줄 알았던 작은 아씨가 아니 보일 때에, 혹 작은아씨 비슷한 사람은 바삐 왔다갔다하여도 모두 모른 체하고 지나갈 때에 할 수 없이 밖으로 바삐 밀려나가는 다른 사람들에게 휩싸여서 휘황한 전등불을 쳐다보면서 밀려나오는 것이 보였다. 밖에 나와서도 왔다갔다하면서 작은아씨를 찾다가 인력거꾼과 여관쟁이들의 야단하는 소리, 자동차의 붕붕 하는 소리가 뒤섞여 몹시 분주한 가운데 뒤도 아니 돌아보고 달아나는 사람뿐이요, 작은아씨라고는 그림자도 보이지 아니할 때에 그만 절망하여 울듯이 한모퉁이에 멍하고 섰는 것이 보였다.

'어떻게 되었을까? 여관쟁이에게 붙들려 어디로 들어갔을까? 그러면 평안히 자겠지. 혹 순사에게 붙들려서 벌벌 떨고 섰을까? 거기서 내 이름을 부르고 내 말을 하면 어떡하나, 만일에 집에서 번지를 적어 주었으면 어떡하나. 그래서 순사가 데리고 와서 야단을 하면 어쩌나.'

정옥은 이런 생각을 하고 아주머니와 같이 걱정을 하고 있었다.

"그러니 인제 어떡하나 할 수 없지."

하고 자리를 펴고 누웠다.

바람은 그냥 호통치듯 불고 있다. 조금 떨어진 뒷간 함석이 바람에 흔들려서 덜거덕덜거덕 야단을 한다. 바람에 대문 소리가 조금 삐걱 하고 나도 '순사가 와서 찾지 않는가' 하고 깜짝깜짝 놀랐다.


4


열시가 거의 다 되어서 정옥은 꾸벅꾸벅 졸고 있는데 대문 소리가 나더니 어느 새 뜰에 사람 소리가 난다.

"손님 오셨습니다."

정옥은 깜짝 놀라서 어쩔 줄을 모르고 눈이 둥그래서 아주머니를 물끄
러미 바라보다가,

"어서 나가 보라."

하는 아주머니의 눈짓으로 문을 열고 나가 보았다. 깜깜한 뜰에 시꺼먼
사람이 초롱불을 잡고 섰는 것이 눈에 보이자 마루끝에 희끄무레한 그림
자가 선뜻 올라서면서,

"아이 작은아씨 아니야요!"

하는 것은 온다고 하던 할멈의 목소리다.

정옥은 하도 놀라고 기가 막혀서 말도 아니 나오는 것을 입맛을 다시고
서 게다가 추워서 떨면서 인력거값을 물어 주었다. 그리고 할멈이 들어와
서 빙글빙글 웃으면서 묻지도 않는 것을 혼잣말로 전하는 본집 소식을 잠
자코 듣고 앉았다가 처음으로 입을 열어 물었다.

"할멈 왜 왔노?"

"작은아씨 볼려고 왔지?"

하고 할멈은 한번 히히 웃었다. 그리고 작은아씨에게 드리는 선물이라 하
는 것처럼 먹던 귤 한 개를 내놓았다.

"작은아씨 잡수어 보셔요."

정옥은 안 들은 체하고 일어서 건넌방으로 가면서,

"어서 가 자지, 할멈."

그날 밤은 건넌방에서 정옥의 옆에서 잤다.


5


다음날 아침이다. 정옥은 학교에 가고 할멈은 정옥의 방으로 안방으로
왔다갔다하면서 혼자서 무어라고 이야기를 하고 중얼거린다. 정옥의 아
주머니는 하도 우스워서 쳐다보다가 얼굴에 분칠을 하얗게 한 것을 발견

하였다. 그래서 웃으면서 물어 보았다.

"늙은이가 분은 왜 발랐나?"

"예쁘라고 발랐지."

할멈은 소리를 하고 춤을 추면서 돌아간다. 너무 우습고 가엾어서 다시는 묻지도 않고 내버려두었다. 그러나 할멈은 정옥이 없는 새에 종일 묻지도 않는 말을 남이 듣거나 말거나 혼자서 지껄이고 있다. 그것은 모두 예전 있던 안주댁 정옥의 본집의 흉이다. 주인아씨의 욕이며 마님의 흉이며 나중에는 정옥의 오빠의 흉까지 입에 담을 수 없는 흉악한 말뿐이다. 듣다 못해,

"늙은이가 있던 주인댁의 흉을 전해서는 못써!"

하고 그 입을 막았다. 그때에 할멈은,

"참말 그래 내 실수로군."

하고 웃는다. 정옥의 아주머니는 집에 둘 수 없는 고약한 늙은이다, 하고 생각하였다.


## 6


정옥이 학교에서 돌아왔다. 정옥이 학교에서 오면서 무슨 생각을 하였는지 구두도 벗지 아니하고 할멈보고 말했다.

"할멈 있던 사직골 데려다 줄 터이니 지금 가."

"작은아씨, 데려다 줄 테야? 그럼 가지."

"할멈 짐도 가지고 가지."

"가지고 갈까? 그랴."

부엌에서 밥 짓는 정옥 아주머니에게 가서 귓속말 하는 것같이 하면서 혼자서 중얼거렸다.

"작은아씨가 나를 데리고 가서 떼어 버리고 오랴고 그러지."

이 말이 끝나기 전에 정옥은 큰 소리를 치면서, 저물었는데 어서 가자

고 재촉했다. 할멈은 춤을 추면서 커다란 보퉁이를 이고 정옥을 따라 대
문 밖으로 나갔다. 한 사십 분 만에 정옥은 돌아왔다. 바람이 몹시 부는
데 나갔다가 온 정옥은 볼이 빨개져서 아무 말도 없이 들어온다. 아주머
니는 잠깐 기다려서 물어 보았다.

"어떡하고 왔소?"

"사직골 가서 두리번두리번할 때 획 돌아서 왔지."

"저걸 어째!"

"……."

"참 안주댁에서 편지 왔습니다. 책상에 놓아 두었소."

"편지?"

하면서 정옥은 방으로 들어갔다. 펄썩 주저앉으면서 책상에 놓인 엽서를
읽어 보았다. 편지 사연은 이렇다.

……할멈은 보았을 듯하다. 할멈은 그 댁에 두게 하든지 여비를 보내
줄 터이니 고향으로 보내 주든지 저 있던 집을 찾아 주든지 어디 있을 곳
을 얻어 주든지 하지 함부로 갖다 내버려서는 안 된다. 하느님께서 내려
다보신다. 너는 아직 앞길이 창창한 어린애다.

할멈을 갖다 버리고 와서 정옥은 마음에 죄송스러운 생각이 많고 큰 죄
를 저질러 놓은 것 같아서 공연히 가슴이 울렁거리고 마음이 편치 못하던
터에 오라버니 편지에 '하느님께서 내려다보신다' 하는 구절에 이르러서
는 벽력이 내리는 듯이 속이 끔찍하고 정신이 아찔하였다. 그것이 편지의
구절 같지 않고 공중에서 나는 무서운 소리같이 정옥을 위협하였다.

갑자기 눈물이 핑 돌며 정옥은 망연히 앉았다. 그리고 한숨을 지으면
서,

"어쩌란 말이야…… 나는 몰라."

정옥은 한숨을 길게 쉬고 엽서를 다시 한 번 읽어 보았다. 그리고 이리

저리 생각하였다.

  사실 정옥은 아직 나이 어리고 더구나 인제 혼인 문제도 있는 터이라 앞길이 멀고 먼 처녀.

  '내가 왜 남에게 못할 짓을 하랴. 남의 원한을 받으랴. 더구나 상관도 없는 일에 내가 죄를 입으랴.'

  생각하였다. 겨우 밥을 좀 먹고 곧 아주머니와 같이 바로 떠났다. 바삐 사직골로 가서 그 자리를 찾아보았다. 그러나 할멈은 그림자도 볼 수 없다. 이 모퉁이 저 모퉁이 한참 찾아보아야 할멈 같은 사람은 없다. 파출소에 물어 보아도 모른다고 한다. 몇 곳 상점에서 물어 보았으나 아무도 보았다는 사람은 없다.

  바람이 불어 날씨가 차기 때문에 밤도 깊지 않았는데 행인이 드물고, 여염집은 물론이요, 상점 문들도 다 닫혔다. 그래서 더 물어 보고 싶은 것도 못 물어 보고 돌아왔다. 오는 길에는 사람이 별로 없고 바람만 야단스럽게 부는데 야주개 모퉁이 군밤 장수는 웅크리고 떨면서 걷어 가지고 돌아가기를 준비한다.

  정옥은 집에 와 누웠으나 그날 밤은 꿈만 꾸고 졸연히 깊은 잠을 들지 못했다. 다음날 학교에 가서도 선생의 말이 귀에 잘 들어오지 않았다.

  그 뒤에 두 달 석 달이 지나도록 종내 할멈을 만나지 못하고 그 비슷한 늙은이도 보지 못했다. 아무에게서도 그 소식도 듣지 못했다. 그리고, 밤에 자려고 눈만 감으면 할멈이 싱글싱글 이상스럽게 웃으면서,

  대모야 풍잠아 너 잘 있거라
  떨어지는 상투는 염낭에 넣고
  ……응응
  도검불 치마는 검어서 좋고
  홍당목 치마는 붉어서 좋다.

 얄궂은 노래를 부르던 모습이 눈앞에 떠오고 잠만 들면 전에 안주서 자기 어머니——마님에게 대들어서 이를 악물고 두 주먹을 불끈 쥐고 발발 떨면서 발악을 하던 흉악스러운 꼴이 자꾸만 보이고 뇌리에 달라붙어서 견딜 수가 없었다.

# 소

꼬꼬오오.

둥그스름한 달이 뒷동산 중허리에 고요히 떠 있고, 해는 아직 뜨지 아니하였는데 수탉이 제가 먼저 깨어 일어났다는 듯이 주둥이를 힘껏 벌리고 큰 소리를 친다.

꼬댁 꼬대액 꼬댁 꼬대액.

금방 알을 낳고 둥지에서 내려오는 암탉이 화답을 하는 듯이 야단이다.

꼬댁 꼬댁 꼬댁.

'내가 금방 알을 낳았다누.'

하는 듯이 암탉이 또 큰 소리를 친다.

꼬댁 꼬댁.

얼룩 수탉이 얼른 따라와서 알을 제가 낳기나 한 듯이 또 한 번 소리친다.

몸뚱이가 뚱뚱하고 곱슬곱슬한 머리카락이 늘어진 것을 거두어 올릴 새도 없이 컴컴한 부엌에서 골몰하게 보리방아를 찧던 마누라는 어느 새 손과 이마에 등겨를 묻힌 채로 앞서서 거추장스럽다는 듯이 강아지를 걷어

차면서 달려와서 닭의 둥지를 들여다보고 입이 잔뜩 벌어진다.

"아이쿠, 알이 크기도 하다. 내 딸 기특하지."

뚱뚱마누라는 암탉을 어루만질 듯이 이렇게 중얼거리면서 알을 집어 가지고 삐걱 소리를 요란스럽게 내면서 광문을 열고, 맨 뒤 모퉁이에 있는 동이에 소중한 듯이 집어넣는다. 알항아리를 한 번 들여다보고 그 옆의 다른 항아리에서 보리 한 줌을 집어 가지고 나와서 광문 앞에 쭈루루 뿌려 준다. 암탉 수탉은 맛있는 듯이 서로 돌아가면서 쪼아먹는다.

뚱뚱마누라는 다시 가서 방아를 찧으려고 하다가, 강아지가 절구 술에 묻은 겨를 핥고 있는 것을 보고,

"아이구 속상해라. 저리 가!"

하면서 옆에 있던 모지랑비를 거꾸로 쥐고 때려 쫓고 다시 절구질을 시작한다.

"칫 처, 칫 처."

방아를 찧으면서 마누라는 광의 항아리에 있는 알을 생각한다. '이제 몇 알만 더 낳으면 네 꾸러미가 될까. 남의 닭은 며칠 만에 한 알씩 낳는다는데 우리 닭은 매일 꼭꼭 낳는걸. 이제 네 알만 더 낳으면 네 꾸러미거든. 이번 장에 갖다 팔면 얼마 받을까? 팔아 가지고 암탉을 또 한 마리 살걸. 있던 놈하고 모두 열 마리가 매일 알을 낳으면 잠깐 열 꾸러미는 될 거라. 그놈을 팔아 보태서는 이번에는 돼지를 사지. 아니, 그럴 것 없이 좀더 보태서 암송아지를 사자. 그러면 송아지가 잠깐 자라서 또 새끼를 낳을 테지. 송아지 큰 소 모두 한 열 마리가 되면 굉장하다. 그때에 소를 더러 팔아서 논도 사고 큰 집도 사고 큰아이 장가도 보내고……'

뚱뚱마누라는 방아도 잘 찧지 못하고 보리를 절구에서 덜었다 도로 쏟아 넣었다 하고 있다. 이때에 마침 장도 볼 겸 읍에까지 다녀오려고 소를 먼저 먹여 놓으려고 일찍 일어나 나온 주인은 외양간에 가서 암소를 슬슬 한번 쓸어 주고 끌고 나오다가 싱글싱글 웃고 있는 마누라를 보고,

"무얼 그렇게 혼자서 좋아 그리고 있소?"

"글쎄, 우리 암탉이 날마다 알을 낳는 게 하도 신통해서 그러지요. 잠깐 서너 꾸러미 되겠거든. 팔다가 암탉 몇 마리 더 사옵세다, 우리."

사나이는 마누라의 속셈을 벌써 다 알았다. 돈을 모아 보려고 어린 아들을 달걀 한 알 마음놓고 못 먹이는 것이 불쌍하기도 밉기도 해서 비웃는 듯이 웃으면서,

"여보, 너무 그러지 말고 더러 어린애두 삶아 멕이기두 하구 당신두 좀 먹구 그리시우."

해 보았다.

"무어요? 당신의 상에두 새우젓찌개 하나 못해 놓는 걸 우리가 먹어요? 모아서 이제 사 오는 암탉은 내 몫으로 할 걸요."

마누라는 깜짝 놀라서 이렇게 말한다.

"참, 내일이 당신 생일이지. 깜빡 잊어버릴 뻔했군. 장에 갔다가 고기나 한 근 사 와야겠군."

자기 말은 들은 체도 아니하고, 새삼스러운 이 말에 고마운 줄도 모르고 마누라는 더욱 놀라는 듯이,

"아이구, 당신 정신나갔구려! 생일이 다 무어구 고기가 다 무슨 고기요. 이담에, 이담에……."

'이'자를 썩 길게 끌어서, 오래오래 있다가 돈 많이 벌어 놓은 다음에나 고기를 사다 먹자는 말이었다.

그날 저녁에 베를 짜고 있던 마누라는 남편이 뻘건 쇠고기를 사 들고 오는 것을 보고 베틀에서 일어나지도 않고 야단을 하였다.

"용덕이 아버지 미쳤소? 누가 고기 사 오랍디까. 우리 약속한 지 벌써 삼 년도 못 되어서 그게 무어요? 날더러 밤낮 주책없다구 그러더니, 자기가 먼저……."

사나이가 들었던 고기를 부엌 소나뭇단 위에 휙 던지고는 독에서 물을 떠서 세수를 하면서 그리고 마당을 쓸면서 지난 삼 년 동안의 일을 생각하였다.

　강원도 춘천군 오여울이란 두메에 와서 농사를 지으면서, 벌써 삼 년째나 사는 홍이라는 이 젊은이는 나이도 서른이 훨씬 넘고 말이 없고 게다가 태도가 진중해서 뉘게나 점잖다는 말을 듣고 대접을 받기 때문에 어디가나 젊은 축에는 들지 못하지만——본시 어디서 온 사람인지, 무얼 하던 사람인지 동네 사람들도 자세히는 모른다. 일본 공부도 다닌 일이 있고 교사 노릇도 하고, 어떤 군청에도 잠간 다닌 일이 있다는 말을 들은 사람이 있고 그리고 동네 사람들의 대서는 맡아 두고 해 주고 하기 때문에 누가 시작했는지 모르나 '홍 주사'라는 별명을 가지게 되었다.

　홍 주사는 춘천 촌으로 오면서 몇 가지 결심한 것이 있다. 다시는 촌을 떠나지 않을 것이 그 첫째요, 소를 잘 기르고 소와 같이 부지런히 농사를 할 것이라는 것이 둘째요, 셋째는 무엇이나 제가 지어서 먹고 사 먹지 않기로, 마누라도 이것을 찬동해서 꼭 베를 짜서 입고 일체 옷감을 사지 않고, 고기나 반찬도 사다 먹지 않기로 약속하였다. 그때에 두 돌 지난 아들 용덕이가 열 살 되기까지는 이 약속을 지키기로 작정하였다.

　춘천서 어떤 가까운 친구가 왔을 때에 처음으로 한 놈을 잡아먹은 일이 있고 실상 달걀 한 알 못 먹고, 그 흔한 고무신 한 켤레 사다 신지 못하였다. 자기는 헌 구두를 출입할 때에만 신고, 두 사람이 다 밤낮 삼으로 손수 삼은 미투리를 신었다. 마누라는 닭을 치는 것이 가장 큰 재미지마는 홍 주사의 유일한 낙은 소를 먹이는 것이었다.

　한국 사람은 소를 사랑하고 집마다 소를 먹여야 한다는 것이 그의 주장이었다. 그리고는 벌을 몇 통 쳤다. 꿀을 받아서 어린것을 먹이고 동네 사람더러도 치라고 권한다.

　"아버지, 아버지, 얼른 좀 나와 보세요."

　전과 달리 일찍 일어난 용덕이는 무슨 큰일이나 난 듯이 안방 문을 열고, 여태 밖에 있다가 들어가서 잠간 잠이 든 아버지를 들여다보면서 소리소리 지른다.

　어느 새 용덕이는 열 살이 넘었고, 홍 주사네 살림도 꽤 늘어서 논도 새로 풀어서 몇 마지기 만들었고 집도 사랑채도 지었고 소도 두어 마리 되고 도야지는 남 준 것까지 열 마리가 넘는다. 이날 아침에는 새벽 일찍 일어나서 소 외양간을 깨끗이 치워 주고 여물을 정성껏 끓여 먹였다. 새 끼 뱄던 암소가 여물을 먹고 나더니 금방 새끼를 낳아 놓았다. 홍 주사는 너무 기뻐서 손수 송아지를 따뜻한 물로 씻어 주고 어미소 등에 부댓자루 를 뜯어서 덮어 주었다. 초가을이라 새벽녘에는 꽤 쌀쌀하기 때문에 마치 산모인 듯이 생각하고 간수하는 것이다. 그리고 자기는 약간 감기 기운이 있기 때문에 으스스해서 들어가 누웠던 참이다.

"아버지, 아버지, 소가 애기를 낳았어요. 그런데, 금방 걸어다녀요! 좀 나가 보세요!"

"보았어, 보았어!"

홍 주사는 용덕이를 보고 끄덕끄덕하기만 하다가 이렇게 말하고, 종내 끌려나와서 어미소가 쭈그리고 있는 새끼를 쩔쩔 핥아 주고 있는 것을 보 고 있다가,

"아무리 짐승이라도 금방 나온 새끼가 크기도 하지."

안에서 아침밥을 짓다가 나오는 마누라를 보고 홍 주사는 이렇게 말한 다.

"정말 이렇게 큰 송아지는 처음 보았어요. 수커지요? 여보 용덕이 아 버지, 이 송아지는 용덕이 소라 하고, 이담에 암컷 낳거든 내 몫으로 주 어요, 응. 이 송아지는 용덕아, 네 송아지다."

"이담에 암컷 날지 어떻게 알어! 용덕이 송아지 삼으면 제가 길러야 지! 제가 먹일까, 벌써……."

어린 아들 용덕이도 크고 그 송아지도 커서 먹이기도 하고 타고도 다닐 일을 생각하매 자기도 참말로 기쁘지 아니한 바가 아니려니와 어린애같이 너무 좋아서 정신없이 지껄이는 마누라를 보고 웃으면서 홍 주사는 잊어 버렸던 대문 돌쩌귀를 빼어 놓고 용덕이를 한번 돌아보고 다시 안으로 들 어갔다.

마누라는 송아지를 보면서 무슨 궁리를 하는 모양이었다.

"그럴 것 없이 내 몫으로 암소를 또 한 마리 사다가 두 놈이 새끼를 낳고, 그 새끼가 커서 또 새끼를 낳으면……."

마침 이때에 삐꺽 하는 대문 소리에 마누라는 깜짝 놀라서 재미있는 꿈을 깨친 듯 시무룩해서 가만가만 들어오는 앞집 장손이 어머니를 바라본다.

"용덕이네 소 새끼 낳구먼요. 아이구 크기도 해라, 새끼가……."

"이 송아지는 우리 용덕이 송아지라우."

송아지만 바라보던 마누라는 옆에 있는 용덕이 머리를 쓰다듬으면서 자랑삼아 이렇게 말했다. 바가지를 뒤로 감추고 어물어물하던 장손이 어머니는 겨우 주인마누라 귀에다 입을 대고 보리쌀 두 되만 꾸어 달라고 청한다.

"장손이 어머니, 오늘은 없는데요. 우리두 공출인지 다 하고 마침 또 꾸어 가고 보리 갈 때까지 양식이 모자랄 것 같은데요."

마누라는 고개를 짤래짤래 흔들면서 단번에 거절을 한다.

너무 무안스럽고 딱해서 얼른 돌아서 달아나듯이 나가는 장손이 어머니의 뒷모양을 방금 안방에서 나오던 홍 주사는 물끄러미 바라보고, 두 눈에 눈물이 글썽글썽하였다.

갚는다고 하기는 했어도――다 찢어져서 옆구리 살이 드러나는 저고리, 부대치마 밑에 빼빼마른 종아리며 발목, 그보다도 집에서 배고파 울다가 잤을 어린것들의 모양, 그보다도 그것을 차마 볼 수 없어 애태우는 어미의 쓰라린 마음을 생각하여 홍 주사는 한없이 불쌍한 충동을 받은 것이다.

홍 주사는 마누라를 부르고 장손이 어머니를 불렀으나 마누라도 대답이 없이 어디로 없어지고 나간 손은 더구나 소식이 없다. 홍 주사는 싸리비로 마당을 쓸다가 뒤꼍으로 돌아가서 마누라를 보고, 동네 사람에게 너무 박절하게 한다는 말을 하고 얼른 쌀을 좀 갖다 주기를 권하였다.

"그 여편네를 그렇게 생각하거든 당신이 좀 갖다 주구려. 무엇이 애가 타서 쌀바가지를 들고 댕기란 말이야. 글쎄 사람이 염체가 있지. 한번 꾸어 가면 꾸어 간 건 가져오구 또 꾸어 달래는 거지…… 우리더러 그냥 양식을 대란 말이야. 저희 줄 게 있으면 우리 동생네 주지…… 가난은 나라도 못 당한다구, 난 몰라요, 몰라."

보다 좀 나온 입이 완연히 더 나온 마누라는 우물에 나가는지 밖으로 나가 버리고, 홍 주사는 입맛만 다시고 마당을 마저 쓸어 치우고 외양간에 가서 새끼 낳은 암소를 한번 쓸어 주고 소제를 하면서,

'가난! 가난!'

가난의 설움을 생각하고, 가난한 동네 사람들의 정상을 생각하고, 어떻게 하면 동네에서 '가난'을 내쫓아 버릴까 하는 궁리를 가끔 하는 것이었다. 마누라도 처음에는 그렇지 않았건만 셈이 좀 펴이니까 인심이 사나워졌다고 생각하였다.

그날 저녁이다. 유월달 꽤 뜨겁던 해가 넘어간 황혼이었다. 홍 주사는 동네 앞 개울에서 소를 먹이다가 언덕에서 풀을 깎고 있는 장손이를 만났다. 아침 일이 생각이 나 홍 주사는 매우 미안스러워서, 저쪽에서 무안스러운 듯이 돌아서려는 것을 일부러 쫓아가서 이야기를 붙였다.

"이따 오게. 내 마누라 몰래 좀 줄 테니, 자루를 가지고 오게."

"아직 보리 벨 땐 안 되구, 팔십 노인 할머니하구 어린애들하구 며칠을 굶다가 참다못해 그만두시라니까 어머니가 종내 가셨던 모양이군요. 보리 좀 잘라다가 아침밥 해 먹었어요."

"……"

홍 주사는 고개만 끄덕였다.

"그런데 주사님께 말씀드리긴 어려워두, 그저 저희 몇 식구 먹여 살리시는 줄 아시구 송아지나 한 마리 사 주세요. 송아지를 사 주시면 부지런히 농사 지어서 댁에 쌀 꾸러 댕기지 않구 살겠어요."

장손이는 새끼 딸린 홍 주사네 소를 한번 쳐다보면서 꼴 베던 낫을 놓

고 두 손을 모아 읍하고 엎드려 절이라도 할 듯이 이렇게 공손히 말한다.
장손이는 아버지를 일찍 여의고 어머니와 외할머니를 모시고 어린 동생을
데리고 부대 농사를 지어 가면서 홍 주사네 밭도 좀 부치고 간신히 살아
갔다. 나이 스물다섯이 넘도록 총각으로 있다가 작년 가을에야 사람이 무
던하다고 누가 딸을 주어서 장가를 갔다.

홍 주사는 고개만 끄덕끄덕하고 그러라든지 안 된다든지 말이 없다. 홍
주사도 장손이한테는 사람 진실하고 술 담배 모르고 부지런하다고 퍽 호
감을 가지고 있기 때문에 장가 갈 때에도 쌀말도 사 주고 속으로 '저렇게
착한 아들이 늘 저렇게 고생을 하고 있어서 안되었다.' 하고 은근히 동정
을 하고 있던 차이었다. 그리고 그 중에도 소를 먹이겠다는 것은 꼭 마음
에 들었다.

홍 주사는 강원도 오기 전에 인천으로 서울로 돌아다니면서 고생하던
생각, 한동안 안변 시골서 농사 짓느라고 고생을 하던 생각을 하고 더욱
장손이에게 동정이 갔다. 사람이 어쩔 수 없이 곤경에 빠졌을 때는 누가
조금만 거들어 주면 거기서 솟아날 수 있다. 우리 나라 사람은 남에게 눌
리고 속고 빼앗기기는 할지언정 도움을 받을 길은 없다. 우리는 서로 붙
들어 주면서 살아야 하겠다——이런 생각을 가지고 있던 홍은 장손이 일
이 남의 일 같지가 아니하였다. 실상 홍 자신이 강원도 와서 자리를 잡고
살게 된 것이 춘천 읍에 있는 어떤 친구의 도움과 주선의 덕이 컸던 것이
다. 사실은 홍은 형들도 있고 유여한 삼촌도 있었으나, 남을 의뢰할 생각
을 아니하고 제 힘으로 살아 보려고 다니다가 월급쟁이 노릇을 해서는 밤
낮 그 턱으로 거지 노릇을 하겠다고, 결심하고 다시 시골로 온 것이다.
와서 곧 닭치기와 벌치기를 부업으로 하면서 농사를 하였다. 물론 홍이
시골 온 것은 세월이 점점 험해지고 급해지면 제정신 가지고는 살 수 없
으리라고 생각해서 일부러 아무것도 모르는 듯이 농사꾼이 된  데 더 큰
이유가 있는 것이다.

"이제는 우리가 고생해서 한 푼 두 푼 모아 가지고 앞으로 아이들이나

남에게 구차한 소리 안하고 살아 가도록 해 봅세다."

이렇게 아내하고 약속하고 땅마지기나 사 가지고 시골로 온 뒤로, 다행히 아내가 튼튼해서 병없이 일을 잘 해 주어서 남의 도움을 받지 않고 그럭저럭 살게 된 것이다.

"글쎄, 어디 보세. 그래서 자네가 걱정없이 살아간다면 이웃사촌이라고 낸들 안 좋겠나!"

이렇게 막연한 대답을 하고 '홍 주사'라는 창수는 집으로 돌아와서 그날 저녁에 곰곰 생각하였다.

'이 동네는 장손이 같은 사람이 하나만이 아닌데, 그 사람들이 다 소만 있어 살아갈 수 있다면⋯⋯.'

이런 생각을 하고 여러 가지로 궁리를 하다가 우선 장손이 한 사람으로 시험을 해 보기로 하였다.

"이제는 나도 불가불 이 동네를 떠나야 할까 보다."

홍 주사는 남산을 바라보고 그 옆으로 넘어가는 신작로길 고개를 바라보고 지난날 새벽에 아내가 뿌리치고 넘어가던 길을 물끄러미 바라보면서 이렇게 중얼거렸다.

홍 주사는 그 뒤에 장손이하고 어렴풋이나마 약속을 지켜서, 자기가 친히 송아지를 사다가 주었던 것이 집안싸움의 시작이 되었다. 홍 주사는 아무 말도 아니하고 사다가 주는 것을 장손이가 굳이 송아지에 대한 조건을 물어 보는 말이 귀찮다는 듯이,

"여러 말 할 것 있나. 그냥 그저 사 준다고 했으니 사 주는 것이니 부지런히 농사 해서 잘살게그려. 정 못 알아듣겠거든 나를 형이나 아비로 알아 주게나."

이런 말을 해 두었다. 그런 것을 장손이 어머니는 너무 고마워서 일부러 치하하러 와서 용덕 어머니더러 그런 말까지 죄다 하였다. 이번에는 자기 몫으로 소를 사겠다는 셈을 치고 있던 마누라는 자기하고는 한 마디 의논도 없이 장손네를 사 주었다는 것이 노엽고 분하다고 밤새도록 자지

않고 못 견디게 비위를 거슬리기 때문에 홍 주사는 홧김에 옆에 있던 질화로를 내던지는 바람에 마누라는 이마를 다치고 얼굴을 데고 하여서 며칠을 먹지도 않고 누워 있었다.

그런 뒤에 홍 주사는 빌듯 달래듯하면서 자기 속뜻을 알아듣도록 이야기해 주었건만 마누라는 종내 알아듣지 못하였다.

"이 재물이 당신 혼자 모은 겐 줄 아시오. 내가 먹고 싶은 것 먹지 못하고, 입고 싶은 것 입지 못하고, 밤잠도 못 자고 해서 모은 것이지……."

이런 말을 늘어놓으면서 마누라는 소리쳐 울었다. 이런 것이 첫번 싸움이요, 그 다음에는 용덕이가 몹시 체해서 앓는 것을 보고 음식을 주의하지 못하고 함부로 먹여서 앓는다고 무식하다고 말한 것이 나무란다고 마누라는 또 울고 야단을 하였다.

이번에는 홍 주사는 가만 내버려두었건마는 마누라는 혼자서 추석도 안지내고 친정으로 간다고 달아나듯 가 버린 것이다.

앓는 어린것을 데리고 추석을 혼자서 지낸 홍 주사는 매우 쓸쓸하였다. 이리하여 마누라는 그 뒤에 오기는 왔지마는 집에 있는 때보다 나갈 때가 많았다. 마누라가 없는 때는 앞집 장손네가 와서 식사를 해 주고 한집처럼 지냈다.

그 뒤 다시 오 년이 지났다. 지나간 오 년은 우리 전민족과 같이 창수도 상당히 괴롭게 지냈다. 용덕이는 불행히 늑막염으로 오래 누웠다가 죽고, 아내도 그 뒤로부터는 몸이 약해서 앓기만 하고 누워 있는 시간이 많고 늘 신경질만 부리고, 그리고 자기는 번번이 보국대로 끌려 나가고 양식은 공출로 빼앗기고 나니 잘 먹지 못하고 일만 하는 동안에 몸이 퍽 쇠약해졌다. 홍 주사는 여전히 농사를 짓고 벌치기와 소먹이기를 힘썼다. 그 동안에 소를 하나씩 사 주어서 동네 사람 중에 소를 안 먹이는 집은 하나도 없게 되었다. 그리하여 십 년 동안에 이 오여울 동네는 전에 비해서 훨씬 살림이 윤택해졌다.

"우리네가 이만큼 살게 된 것은 홍 주사님 댁 덕이야. 그래도 홍 주사네는 집안이 말이 아니야."

동네 사람은 고맙고도 미안스러운 듯이 이렇게 말한다.

기막히고 억울한 일정 시대, 그 지긋지긋한 전쟁도 끝나고 해방의 기쁨이 삼천리 전역에 넘치게 되었다. 팔 월 십오 일이 지나서 몇 날 뒤에 그 소식을 들은 창수는 동네 사람들을 지도하여 자치로 질서를 유지해 가고, 모든 일을 정부가 생겨서 지휘하는 대로 하기로 하고, 그 동안 경솔히 하는 일이 없이 자중해서 지내자고 동네 사람들의 다짐을 받았다.

창수 자신도 춘천 읍에 한번 잠깐 다녀온 후로 여전히 가을 준비와 소 먹이기, 벌치기에 바빴다. 겨울도 그럭저럭 지나고 새해가 오고 봄이 되었다. 창수는 다시 농사 준비를 하고 있었다.

"당신 친구들은 모두 춘천으로 서울로들 가서 한자리씩 하고 출세를 하는데, 이 좋은 세월에 우리는 그냥 촌에 묻혀서 일만 하고 있잔 말이오."

홍 주사네 동네는 공교로이 바로 3·8선 이남에 들었으나, 자기는 아직 세상에 가서 덤벼들 마음이 없어서 본래 결심한 대로 그대로 농촌을 지키기로 하였던 터이라,

"농사 하는 사람이 있어야지, 농사 하는 사람이 없으면 어떻게 백성들이 먹고 살아간단 말이오. 우리는 그냥 이 동네서 살아 봅세."
하고 아내를 달랬다.

"나는 암만해도 여기서는 못 살겠어요. 이제는 힘이 없어서 일도 못하겠구 하기도 싫고, 사람이 웬만큼 고생을 하다가도 좀 편안히 살자구 그러는 것이지, 누가 밤낮 이 꼴을 하구 산단 말이오. 이제는 우리두 대처에 가서 먹고 싶은 것도 먹고, 구경도 하구 산 드키 살아 봅세다그려."

마누라는 여전히 불평이 대단하고 도회지에 나가고 싶은 생각이 간절한 모양이다. 그 동안 고생하고 일한 것은 촌에서라도 언제든지 돈을 모아 가지고 호화롭게 잘살자는 뜻이었다.

"글쎄, 당신의 말도 그럴 듯하지마는 이제 갑자기 대처로 가면 무슨 별수가 있소? 어디 가면 이만한 데가 있겠소?"

홍 주사는 그대로 이 촌을 떠나지 말기를 고집하였다.

"그럼 당신이나 여기서 살구려. 나는 싫소. 내 소 팔아 가지고 춘천으로 가든지 서울로 가든지 갈 터이야요."

"소를 팔아? 소를 팔아 가지고 무얼 한단 말이오?"

"장사하지. 아랫동네 구장네도 이북으로 다니면서 돈 많이 벌었는데 ……."

"당신이 꽤 장사를 할 것 같소? 그리구 소두 우리 식구가 아니오? 제 식구를 팔아서 무슨 이를 보겠다고 팔아 없이한단 말이오. 인제 아주 살림 끝장내려우?"

"글쎄 내 소를 내 맘대로 한다는데 걱정이 웬 걱정이오? 제 걸 가지고 제 맘대로 못한단 말이오. 두어야 잃어버리기나 하랴구. 장손네 소 잃었으니 이번엔 우리 소 잡아 갈 차례로구먼. 바로 몇 날 전에 장손네 소를 잃어버렸는데……."

아직도 장손이 소 사 준 것을 빈정대는 말이다.

"자, 아무리 당신의 소라구 해두 여태껏 공손히 아무 말도 없이 주인을 위해서 일을 해 준 소를 인정간에 어떻게 어따가 팔아먹는단 말이오. 이 동네 사람은 살 사람이 없을 테니 장에 갖다 팔면 잡아먹는 거 아니구 뭐요."

"원! 소에게 무슨 인정이야. 그까짓 짐승에게!"

"그까짓 소! 그 소가 좀 귀하오. 사람이 소만 못하다오. 사람은 저 할 일은 안하구 불평만 하지마는 소는 아무 소리 없이 수걱수걱 일만 하는 걸 좀 보아요. 당신은 이 근래는 밤낮 웬 불평만 그렇게 많소?"

"몰라요. 몰라요. 나는 여기서 살기 싫어!"

마누라는 나중에는 울기를 시작한다. 창수도 가만히 생각하니까 자기가 너무 무리한 것 같고 마누라가 불쌍한 생각이 불현듯 일어나서, 가슴이 뭉클해지면서 눈물이 나는 것을 참느라고 아무 대꾸를 아니하고 돌아 누워 버렸다.

창수는 변변히 깊은 잠을 못 들고 일찍 일어나서 대문 밖으로 나갔다. 마침 장손이가 헐떡거리고 올라오고 있었다.

"선생님, 선생님. 선생님 뵐 낯이 없습니다……."

장손이는 두 눈에서 눈물이 글썽글썽해서 그 다음 말을 못한다.

"인제야 알았어요. 내 건너 이북 동네 놈들이 우리 소를 잡아먹었대요. 이쪽에서 간 것을 잡아먹었다니 우리 소밖에 더 있어요. 그놈들을 어떻게 하면 좋아요?"

창수도 눈시울이 벌개지면서 아무 말도 못하고 하늘만 바라보고 서 있다.

"소경 제 닭 잡아먹기로 제 동포의 것을 잡아먹고 마음이 편할까?"

창수는 이렇게 중얼거리고 그날 하루를 매우 괴롭게 지냈다. 혼자서 뒷산에 올라가서 오여울 동네를 내려다보고 내 건너 소위 이북 땅을 바라보고 하루 종일 먹지도 않고 울고 있다가 밤에 별이 총총해서야 내려왔다. 내려와 본즉 집 안은 안팎에 도망한 집처럼 늘어놓고 마누라는 말도 없이 자기 치마를 짓고 있다. 창수는 사랑 문턱에 잠시 앉았다가 도로 산으로 올라갔다. 마누라 생각, 지나간 십 년 동안의 일, 동네 일, 나라 일을 생각하면서 조용한 모퉁이 바위 위에 걸터앉아서 하늘의 별을 바라보고 이남이고 이북이고 분간할 수 없이 안개 속에 잠긴 동네들을 바라보고 있다. 생각을 해서 앞길을 정하려고 해 보았으나 눈물만 나고 아무 생각도 할 수 없다. 이때에 밑에서 수선수선하는 소리에 따라서 동네 젊은이들이 올라온다. 웬 서투른 황소 한 마리를 끌고 소나무 새로 올라온다. 그 가운데 장손이도 섞이어 있다. 마침 이북에서 넘어온 소를 잡아먹겠다고 끌고 온 것이었다.

"저희도 우리 소를 잡아먹었는데요."

장손이가 씨근거리면서 말한다. 젊은이들은 모두 흥분해서 기어이 잡아먹는다고 야단이다.

"안 됩니다. 안 됩니다. 동포끼리 그래선 안 됩니다. 돌려보내시오. 정 소를 잡아먹고 싶거든 우리 소를 잡아먹어."

이 말 한 마디를 남기고 창수는 달음질도 바삐 동네로 내려갔다. 자기네 소를 끌어다 주려고 대문을 열고 들어가 외양간을 본즉 외양간이 텅텅 비었다. 밖에도 집 근방 아무데도 소는 없다. 방에 들어가 본즉 서투른 글씨로 이런 말이 씌어 있는 종잇조각이 방바닥에 구르고 있다.

'나는 내 소를 가지고 갑니다. 다시는 기다리지 마시오.'

창수는 얼빠진 사람 모양으로 멍하니 방 한가운데 서 있다가 궤짝에서 돈을 꺼내서 소 한 마리 값만큼 장손에게 갖다 주고, 자기도 얼마 가지고는 장손이 어머니보고 몇 마디 이야기를 하고 나왔다.

다시는 오여울 동네에서 아무도 홍창수를 본 사람이 없다.

# 하늘을 바라보는 여인

1

여름밤이 채 밝기 전에 잠을 깬 감네는 잠든 시어머니가 깰까 염려해서 조심조심 일어나서 가만히 밖으로 나왔다. 나오자마자 감네는 고개를 들어 하늘을 쳐다보았다. 아침에 일어나면 바삐 나와서 하늘을 바라보는 것이 버릇이 되어 버렸지마는, 오늘은 더욱 안타까운 심정으로 그리고, 꼭 믿고 바라는 마음으로 눈을 감다시피 하고 나와서 두 손을 모아 합장을 하고,

"오늘이야? 비가……비가…….."

속삭이면서 온 정력을 두 눈에 모아 이윽히 하늘을 바라본 감네의 입술은 금방 다물어지고 합장했던 두 손이 꼭 쥐어지면서 바르르 떨리고, 몸까지 떨리는 듯하였다. 빛 없고 핼쑥한 감네 자신의 얼굴 같은 새벽달이 한편 짝에 원망스럽게 걸려 있고, 또 한쪽에는 맥없이 깜박거리는 샛별한 개가 얼른 눈에 뜨일 뿐이요, 검은 구름이라고는 아무리 사방을 둘러보아야 손바닥만한 것도 볼 수 없다.

"하느님두 너무하신다…… 이 인간이 죄가 많아서……."

눈물과 한숨이 한꺼번에 쏟아지듯 나온다. 금시에 얼굴이 컴컴해지고 쳐들었던 고개가 숙여진다.

'오늘도 비 오기는 글렀다.'

하고 생각한 감네는 돌로 깎아 세운 듯이 꼼짝도 아니하고 서 있다. 고개를 숙이고 합장을 하고…….

## 2

감네 자신과 같이 외로운 신세인 늙은 시어머니를 모시고 젊은 여자의 몸으로 혼자 농사를 지어 가면서 살아가기만도 어려운데 게다가 금년은 봄내 몹시 가물어서 잔뜩 믿었던 보리는 타 죽고 감자 한 알갱이도 거두지 못하고 옥수수 구경도 못하고 호박, 오이나 무, 배추 같은 푸성귀조차도 구경할 수가 없으니, 얼마나 곤궁하고 얼마나 답답하랴. 비록 어린것은 없을망정 어린아이 마찬가지로 자시는 것밖에 아무 생각이 없이 가끔 망령을 부리는 시어머니를 모시고 살아가기가 여간 어렵지 아니하였다. 늙은이는 아직 끼니를 빼지 않고 죽이라도 끓여서 대접하지마는 감네 자신은 먹는 듯 굶는 듯 지내는 형편이다. 이 가뭄은 이십 년 이래 처음 되는 가뭄이라고 금년에는 모두 굶어죽는 사람이 많으리라고 걱정이다. 동리마다 우물까지 말라서 야단이요, 인심이 아주 흉흉해졌다.

감네는, 소년과부로 사 년을 지내는 동안 거친 세상에서 마치 모진 풍랑에 밀리는 일엽편주처럼 외롭고 시달리는 감네는, 살아가기도 어렵지마는 마음에 받는 괴로움은 한두 번 한두 가지가 아니었다.

윗마을 거리에 제 여편네를 때려 죽이고 칠 년 징역을 하고 나왔다는 여관 주인이 가끔 매파를 보내는 것은 아주 질색이었다. 하루는 시어머니가 중얼거리기를——

"글쎄 그녀석이 접때 날더러 하는 수작이 '제가 아주머니 아들이 될 터이니 며느님하고 내외가 되게 해 주십쇼. 그래도 제가 괜찮은 사람이외다. 괘니시리 모르구들 그러지, 그리고 여관이나 잘 하면 우리 몇 식구 먹고 살긴 걱정없구요. 마침 앓고 누웠던 저희 집 늙은이는 가실 데로 갔으니까, 아주머니를 내 어머니로 잘 모실 터이니 염려 마시고, 노인이 이렇게 굶고만 계셔야 되겠어요. 어서 그러시우.' 하면서 부덕부덕 조르더구나.”

감네는 이 말을 듣고 분이 머리털 끝까지 치밀어서 어쩔 줄을 몰랐다. 게다가 혹 장에 가는 길에서 만나면 눈치가 다르고 추근추근 말을 붙이던 생각을 하면 더욱 분해서 견딜 수가 없었다.

다음에 감네의 마음을 괴롭게 한 것은 한동네 사는 용돌이 일이다. 용돌이는 죽은 남편의 동무 중의 한 사람이다. 역시 늙은 어머니를 모시고 누이동생하고 세 식구 살아가는 가난한 총각이다.

마음이 곧고 부지런하고 일 잘 하고 말이 없고 별로 나무랄 데가 없는 사람이다. 남편의 친구인 것뿐 아니라, 감네는 어려서부터 잘 알던 사람이었다. 동무라면 동무이었다. 남편이 살았을 때에 가끔 놀러 오면 아무 말 없이 앉아 있거나, 그렇지 않으면 남편이 보는 책을 들여다보다가 감자나 옥수수 같은 것을 같이 먹고 놀다가 빙긋이 웃으면서 말없이 가곤 하였다.

용돌이는 남편이 죽고 초상을 치를 때에는 정성껏 일을 보아 주었으나, 그 뒤엔 일체 오지 아니하였다.

그런데 삼년상을 치르고 나서는 가끔 와서 일도 도와 주고 고맙게 하는 것을 감네는 간곡히 거절을 하였다. 그래도 용돌이는 몰래 나무도 갖다 주고, 혹은 감네네 밭에 거름도 내주었다. 고맙긴 고마우면서 감네는 썩 불쾌히 생각하는 차에 종내 용돌이 어머니가 조용히 찾아와서 혼담을 꺼냈다. 둘이 결혼을 하고, 두 집이 한집처럼 지내자는 것이었다. 용돌이가 자기의 뜻을 모르고 게다가 남편의 친구로 그런 마음을 품는다는 것이 몹시 분하였다. 여자라고 업신여기는 것이 분하였다. ‘나는 내 힘으로 살아

간다.' 하는 결심을 굳게 하고 '여자도 남자가 하는 일을 할 수 있다.'는
생각을 하고 감네는 단연코 혼인을 거절하였다.

## 3

마당 한가운데 정신없이 서 있던 감네의 얼굴에는 문득 급한 조수가 밀
려온 듯이 어떤 새 희망과 새 힘이 용솟음쳐 나오듯이 화색이 돌고 어떤
무서운 결심을 한 사람 모양으로 어디서 새롭고 딴 힘이 전기처럼 들어오
는 듯이 두 주먹이 불끈 쥐어진다. 꼭 깨물었던 입술이 풀리고 온 얼굴에
기쁜 빛조차 가득 찬 듯하면서, 고개가 점점 쳐들어지고 늘어졌던 두 손
이 차차 올라가서 다시 합장을 하였다.

감네는 쏜살같이 광 쪽으로 가서 광 문을 가만히 열고 들어가서 괭이와
부삽을 메고 나왔다. 괭이를 어깨에 메고 한 손에 부삽을 들고 나오는 그
얼굴과 그 거동은 마치 청룡도를 비껴들고 전장에 나가는 용사의 그것이
었다.

감네는 자기 집 지게문을 살며시 열고 밖으로 나가서 자기네 앞 밭 한
모퉁이를 파기 시작하였다. 먼지가 펄펄 일어나는 밭에 노랗게 말라 죽은
보리그루를 한 손으로 걷어치우면서 삽을 가지고 파려니까 땡땡 굳어서
팔 수가 없어서 괭이를 가지고 파기를 시작하였다.

이날도 아침부터 어디서 훗훗한 바람이 불어 오기 때문에 삼복이 지났
지마는 서늘한 맛이라고는 도무지 없이 땀이 철철 흘러서 온몸이 목욕을
하게 된다. 그래도 감네는 힘드는 줄도 모르고 쉴 생각도 아니하고 파고
파고 자꾸 판다.

"이애야, 아가 아가, 너 무얼 하니?"

땀에 젖은 저고리 뒷섶을 잡아당기면서 걱정하는 시어머니의 말도 못
들은 듯이 그냥 낑낑 하면서 파고 있다.

한참 괭이로 파고는 삽으로 떠내고 하다가 치마폭을 잡고 매달리는 듯

이 애걸하다시피 들어가자고 야단하는 시어머니를 흘끗 돌아보고,

"어머니, 어서 들어가세요."

그냥 파다가 문득 말없이 비틀거리는 시어머니의 가엾은 꼴을 보고 쓰러지듯이 감네는 주저앉았다. 이윽고 벌떡 일어나서,

"어머니, 시장하시지요?"

하면서 늙은이의 가느다란 팔을 붙들고 집으로 들어가는 감네의 눈에서는 참았던 눈물이 스스로 흘렀다.

어제저녁에도 시어머니만 멀건 조죽을 좀 대접하고 자기는 사뭇 굶고 잤으니 미상불 시장하지 아니한 것은 아니었다. 캄캄한 새벽부터 세 시간 동안이나 돌같이 굳은 땅을 어떻게 팠는지 제가 스스로 생각해도 신기해 보였다. 칠 년 전에 남편이 읍에 가서 사 가지고 온 괭이와 삽을 맥없이 끌고 오면서, '그나마 남편이 살아 있어서 같이 했더라면 얼마나 좋을까.' 이런 생각을 하니까 더욱 눈물이 솟아나온다.

남편 태호는 보통학교도 변변히 마치지 못하였지만 혼자 책을 읽어서 중학 졸업생 이상의 상식과 실력이 있을 뿐 아니라 남다른 생각을 가지고 양도 쳐 보고 고구마도 심고, 그리고 동리 젊은이들과 같이 산에 나무를 열심으로 심고 야학을 하다가, 튼튼하던 사람이 장질부사로 큰 나무 쓰러지듯이 죽은 지가 벌써 사 년이 되었다.

남편이 죽은 일 년 만에 하나밖에 없는 딸 자식까지 죽어 버리고 감네는 시어머니와 단 두 식구로 외로이 살아갔다. 집 뒤의 산에서 나무를 해 때고, 집 앞에 있는 텃밭과 거기에 달려서 몇 마지기 있는 땅을 힘써 부치면 겨우 일 년 양식이 되고, 그밖에 고구마 같은 것을 팔아서 용을 써 오던 것이었다.

남편이 죽은 뒤에 처음에는 본래 농가에서 자라난 시어머니도 같이 일을 해서 꽤 도움이 되었으나 작년부터 차차 병이 잦아서 일을 못하기 때문에 감네 혼자서 일을 할 수밖에 없었다. 감네는 친정 할아버지가 진사까지 하고 상당한 집안에서 태어났으나 아버지 때부터 가난해서 어려서부

터 농사를 하고 게다가 몸이 튼튼하기 때문에 혼자서도 부지런히 농사를 지어서 곧잘 살아갔다.

처음에는 자기의 뜻을 몰라보고 시어머니가 가끔 시집 가라고 권하는 데는 씩씩하게 일하던 손에 맥이 풀리고 낙심이 되곤 하였다. 기실은 시어머니는 며느리가 없으면 의탁할 데도 없고 그날부터 신세가 말이 못될 것이 빤하건만 젊은 과부가 자식도 없이 늙는 것이 하도 딱하고 미안해서 번번이 하는 말이었다.

"얘야, 내 생각은 하지 말구 어서 팔자를 고쳐라. 나야 이제 몇 해 살다가 죽으면 그만인데 누구를 믿고 살겠니. 내 생각은 할것 없이 어데 좋은 자리가 있으면 가든지 네 마음대로 해라…… 그리구 데리고 있을 사람으로 마음이나 착하고 얌전한 젊은이가 있으면 좋으련마는……."

거의 입버릇삼아 가끔 이런 말을 하였다. 입밖에 내지는 않아도 용돌이도 생각해 보았다. 감네는 그럴 때마다 눈물을 흘리면서 진정을 하였다.

"저를 꼭 친자식으로 알아 주십시오. 아들로 알아 주십시오. 며느리란 생각을 마시고 아들로 알아 주십시오. 어머니를 버리고 개가를 할 그런 고얀년으로 저를 알아서는 안 됩니다. 저는 평생 어머니를 모시고 혼자서 살다가 죽겠습니다. 저는 두 남편을 섬기지 아니하기로 결심했습니다."

한번은 시어머니의 부질없는 말이지마는 하도 괴롭고 설워서 죽어 버리려고 양잿물을 준비했다가 시어머니에게 들키고 난 다음에는 다시는 일체 그런 말은 입밖에 내지 않고 감네를 꼭 아들로 생각하고 믿고 지냈다.

그래도 친정 할아버지 때부터 감네는 남의 신세를 지지 않고 사는 독립적 정신으로 길리웠고 죽은 남편도 남을 도와 주면 도와 주었지 남의 은혜는 입지 않고 사는 것이 아주 변통없는 법으로 지내 왔기 때문에 어디 가서 쌀 한 되 꾸란 말을 아니하고 더구나 시집 편이나 친정 편이나 친척이라고 찾아가서 구차한 소리는 절대로 아니하였다. 금년에는 어느 집에나 농사 짓는 사람은 다 마찬가지로 궁한 터이니까 아무 데 가도 별도리가 없었다.

사방에서 기우제를 한다고 해도 감네는 속으로 '죄많은 인간이 제사나 하면 될까' 하고 비웃고 있었으나 마침내 자기가 정성껏 기도를 드리면 되리라는 자신을 가지고 밤중에 다른 동네 먼 데 있는 우물에 가서 귀한 물을 길어다가 정한 그릇에 떠 놓고 기도를 하였다. 한 달 열흘 계속하였으나 이날 아침에도 아무 흔적이 없는 것을 보고 마음에 새로운 결심을 한 것이었다.

"하늘에는 주실 비가 없더라도 땅에야 물이 없으랴. 우물을 파자. 샘을 파자. 하늘이 아버지라면 땅은 어머니라, 땅어머니가 인간을 불쌍히 여겨서 물을 주시리라. 물이 나오도록 깊이 파자."

이런 결심을 한 것이다.

"기도만 할 것이 아니라, 내 있는 힘을 다하자. 죽더라도 우물을 파서 샘을 찾고야 말리라."

이런 마음이 감네의 마음에 새 힘을 주며 솟아올랐다.


4


그리하여 감네는 날마다 남이 다 자는 밤중에 일어나서 우물을 파는 것이다. 초저녁에 좀 누웠다가 첫닭이 울기를 시작하면 벌떡 일어나 나가서 파기를 계속하는 것이었다. 처음에는 무슨 웅덩이를 파는 줄 알고 동네 사람들은 주의를 하지 아니하였으나 마침내 우물을 파는 줄 알고는 모두 웃었다.

"우물을 파! 우물이 없어서 그러는가. 가물어서 물이 안 나오는 걸 새로 우물을 파면 물이 날까 봐 그래!"

"그러기 말이야. 이 동리 저 동리 우물이란 우물은 다 말랐는데."

이렇게 동네 사람들은 감네가 우물을 판다고 주거니받거니 말이 많았다.

그러나 나중에는 낮에도 계속해서 파고 있는 것을 보고 젊은이들은,

"흥, 암만 파 보아. 물이 날 텐가!"

하고 코웃음을 치고 지나가고, 어떤 늙은이는 일부러 지팡이를 짚고 찾아
와서,

"날 좀 보아요. 암만 파도 물이 안 날 테니 공연히 수고하지 말구 차라
리 구걸이라도 떠나는 것이 낫지. 시모님이 굶으시는 걸 그냥 두구 우물
은 왜 파고 있는 거요. 참 딱하기도 하지!"

이렇게 진심으로 권고를 해 주는 것이었다.

"네에, 고맙습니다."

한마디 대답하고는 다시는 대꾸도 하지 아니하고 그냥 날마다 한모양으
로 파고 있는 것을 보고, 마침내 동리 사람들은,

"태호 아내가 미쳤다!"

하고, 이 모퉁이 저 모퉁이에서 수군거리기를 시작하였다. 어떤 때는 머
리가 흩어져 늘어진 것도 그냥 두고 매무시도 가누지 못하고 입을 악물고
파고 있는 양이 꼭 미친 사람 같다. 이런 모양을 짓궂은 동리 젊은 아이
들이 모여 와서 들여다보다가 혹은 침을 뱉고 혹은 돌을 던지면서,

"미치광이, 미치광이…… 무얼 해?"

하고 달아나는 일도 있었다.

그런 것은 다 각오한 것이지마는 늙은 시어머니가 가끔 비틀거리면서
나와서 울면서 말리는 것은 괴롭지 아니한 바가 아니었다.

"얘, 글쎄 동리 사람들은 다 널 미쳤다고 야단들이구나. 어제저녁에도
용돌이 어머니가 와서 그러더구나, 동리 사람들이 모두 미쳤다고 그러기
에 자기도 나가 보니까 미친 것이 분명하더라구. 그러니 어서 단단히 말
리고 약을 쓰든지 무당 청해다 경을 읽든지 해야 한다고 하는구나. 제발
오늘부터는 그만두어라, 응? 아이구 이년의 팔자야, 며느리 하나 있는
것이……."

이런 말을 들을 때마다 마음이 괴로운데, 게다가 요새는 바짝 기운이
빠지고 몸이 거북해져서 아무리 튼튼하던 감네도 암만해도 견디어 배길

것 같지 아니하였다. 벌써 보름은 되고 벌써 두 길은 팠는데도 샘 근원은 흔적도 없다. 이때에 감네는 불현듯 죽은 남편이 생각이 났다. '태호가 살았다면⋯⋯' 이런 생각을 하루에도 몇 번씩 하게 되었다. '태호가 살았으면 둘이 힘을 합해서 파고 서로 위로해 가면서 파면 오죽 좋을까' 하는 생각을 하면 견딜 수 없이 태호가 그리웠다. 혼자 파기는 관계없으나 판 흙을 내보내는 것이 썩 힘들었다. 그래서 더 남편을 생각하고 여러 가지 생각을 하게 되었다.

### 5

하루는 꿈에 남편이 와서 같이 파 주는 꿈을 꾸었고, 또 하루는 남편이 어디서 굴레바퀴 같은 것을 얻어다가 나무를 세우고 거기다가 줄을 달아서 두레박에다가 흙을 담아 내 주던 꿈을 꾸었다.

"내가 이래서는 안 된다. 이렇게 마음이 약해서 될 수 있나. 죽은 사람을 생각해 무얼 해. 아무도 의지할 것 없이 내가 끝까지 내 뜻을 이루구야 말지."

하루는 몸이 너무 거북해서 누워서 쉬면서 눈물이 하염없이 솟아나는 것을 치맛자락으로 씻으면서 돌아누웠다. 늙은 시어머니라도 조금이라도 도와 주었으면 하는 생각도 났으나 '차라리 죽은 남편의 혼이라도 나를 도울 것이다.' 이런 생각을 한 감네는 다시금 용기를 내어 가지고 이튿날부터 또 일을 계속하였다.

한번은 달도 없고 컴컴한 밤에 감네는 여전히 혼자서 파고 있었다. 흙짐을 지고 막 밖으로 나오니까 웅덩이 옆에 어떤 그림자가 우뚝 서 있다. 감네는 그래도 그것도 못 본 체하고 또 웅덩이 속으로 들어갔다. 얼마만에 다시 나와 본즉 웅덩이 바로 옆에 있던 흙 무더기가 자리를 옮겨서 훨씬 저편 짝으로 갔다. 이상하게는 생각하였으나 감네는 다시 들어가 파기를 계속하고 있었다.

하루는 감네가 새벽녘에 집에 들어가서 좀 쉬어 가지고, 그날 오후에 다시 나와서 웅덩이에 들어가 보았더니 분명히 자기가 팠던 것보다 한 두어 뼘이나 더 내려갔다. 그리고 곁에는 새 흙이 나와 있었다.

'누가 와서 팠을까? 남편의 혼이 와서 파 주었는가?'

이런 생각도 했으나 한편 다른 의심도 났다. 그래서 감네는 밤을 꼭 새워서 지켰다. 과연 컴컴한 속에 괭이 멘 사람이 점점 가까이 온다. 웅덩이 속 사다리에서 지키던 감네는 부리나케 올라가 보았다.

"거 누구요?"

"나요! 동리 사람이오!"

"동리 사람이라니?"

감네는 생긴 모습과 소리로 짐작은 되었지마는 이렇게 뒤미처 물었다.

"용돌이요."

"네, 인실이 오빠시군. 고맙습니다. 어서 가십쇼. 안 됩니다. 우물은 내가 혼자 파야 합니다. 그리고 안 됩니다. 젊은 남자가 남의 젊은 여자가 일하는데, 더구나 이 밤중에 결단코 안 됩니다."

"누가 알아요. 당신의 힘을 좀 도와 드릴 뿐인데요. 이 밤중에 하는 것을 누가 알아요. 조금만, 참말 조금만 도와 드릴 테니 당신이 조금 더 하신 셈 잡고 가만 내버려두어 주십시오. 이것이 내 소원이요 즐거움이니 아무에게도 어머니께도 말하지 않을 터이니 부디 모른 체하십시오."

용돌이는 소곤소곤 애원하듯이 말한다.

"안 됩니다. 안 됩니다. 다시는 그러지 마시오. 나를 잊어버리십시오. 당신의 마음은 잘 압니다. 그래도 날 생각해 주신다면 다시는 오지 마십시오."

감네는 이렇게 간곡히 타이르다시피 하고 누가 볼까 부끄러워서 바삐 집으로 와 버렸다. 그런데 다음날 밤에 나가 본즉 이번에는 어느 틈에 용돌이는 웅덩이 속에서 흙을 파고 있다. 그리고 꿈에 본 그대로 나무를 세우고 구루마 바퀴에 줄을 달아 놓고 두레박을 매어 놓았다. 감네는 눈물이 나도록 고마운 생각이 났으나 그럴수록 죽은 남편 생각을 하고, 그리고 단지하고 수절하기로 결심한 지난 일을 생각하고, 우물은 혼자 내 정성으로 파야 한다는 것을 생각하고 감네는 입술을 깨물고 결심하였다. 그리고 가만히 용돌이를 불렀다. 용돌이가 웅덩이 밖으로 나오자 책망하는 어조로 힘있게 말했다.

"그만하면 알아들으셨을 텐데, 왜 또 오셨소. 당신이 다시 오시면 나는 이 웅덩이를 묻어 버리겠소…… 아니 내가 이 웅덩이 속에서 죽고 말겠소. 이것도 다 걷어 가지고 가시오."

"그럼 다시 오지 않을 테니 이것만은 그냥 쓰십시오. 하늘이 차려 주신 줄 아시구려……."

용돌이는 어두운 데 사라지고 말았다. 용돌이는 그 뒤에는 다시 오지 아니하였다. 나무와 구루마 바퀴만은 남편의 혼이 용돌이를 시켜서 차려 준 줄로 생각하고 그냥 쓰면서 감네는 혼자서 파기를 계속하였다.

### 6

그러는 동안에 다시 보름이 지났다. 감네는 하루같이 첫닭이 울면 나가서 파기를 계속하였다. 두 보름이 지나 모두 한 달이 되는 날 밤에 훤하게 먼동이 터 올 때까지 파고 나니 괭이 끝이 딱딱 마치고 조금도 들어가지를 아니한다. 웬만한 돌은 가끔가끔 파내고 파내고 하였지마는 그것은 상당히 큰 돌이었다. 그리고 어느 쪽이든지 다 마치는 것을 보아 돌이라는 것보다 바위요 반석이었다.

'이것은 파지 말라는 겐가? 웬일인가?'
하고 처음에는 낙심이 되기도 하였으나, 감네는 다시 결심을 하고 집에 가서 정성껏 지성을 드렸다. 그 반석 밑에는 꼭 샘구멍이 있을 것만 같다. 그래서 새 힘을 얻어 가지고 다음부터 웅덩이를 더 넓혀 가면서 그 반석을 사방 돌라 파기를 시작하였다. 사방에 반석의 끝은 드러났으나 또 두께가 상당히 두꺼웠다. 그래서 날마다 사방으로 그 바위 주위를 파내었다.

이 바위가 나온 지 이레 만이었다. 새벽 달이 밝고 차차 밝아 오는 때였다. 다행히 한편만은 바위가 이지러져서 마지막 술가리를 쉽게 파내 놓았다. 그리고 감네는 후 한숨을 내쉬었다. 그리고 잠시 쉬어 가지고 있는 힘을 다해서 죽기를 기쓰고 그 반석을 쳐들었다. 두 번, 세 번…… 세 번 만에 그 반석이 번쩍 들렸다. 바위가 들리자 발이 삐끗 하는 바람에 감네는 나가 쓰러졌다.

"샘! 샘!"

쓰러진 발밑이 서늘함을 느낀 감네는 부르짖었다. 그리고는 감네는 사지가 늘어지고 눈이 감기고 정신을 못 차렸다.

"감네! 감네! 정신차리시오── 정신차려요."

얼마만에 겨우 정신을 차렸을 때에는 감네는 씩씩하고 굳세인 어떤 남자의 팔과 품에 안겨 있었다. 그 사나이는 한 손으로 반석 밑에서 솟아나오는 찬 샘물을 수건에 적셔서 머리를 식혀 주고 입으로 물을 물어서 감네의 입에다 넣어 준 것이었다.

이윽고 자기를 안아 준 그가 용돌인 줄 알았을 때에 빙긋이 웃으면서 한 팔로 용돌이의 목을 가볍게 안고 쳐다보는 감네의 눈엔 눈물이 어리었다.

"용돌 씨, 고마워요. 이 샘은 나 혼자 얻은 것은 아니요, 당신과 둘이 얻었소. 당신의 정성은 잘 압니다. 당신의 마음도 잘 압니다. 나 같은 여자를 생각하시고……."

"감네, 정신차려요."

다시 눈을 감은 감네를 보고 용돌이는 울듯이 소리친다.

"샘물, 샘물을 먹어요."

샘물도 먹이고 흔들기도 하였으나 눈을 감고 대답이 없다.

이윽고 간신히 다시 눈을 뜬 감네는 용돌이를 바라보고, 샛별이 반짝이는 하늘을 바라본다.

"어머니를 부탁합니다."

한마디를 한 뒤에 감네는 다시 눈을 감고 뜨지 못하였다.

"일은 끝났다. 응! 고약한 인습!"

용돌이는 울었다.

용돌이 등에 업히어 밖으로 나온 감네의 시체는 집 뒷동산에 용돌이 손에 고이 묻혔다. 그리고 그 샘이 솟고 솟고 우물에 넘쳐서, 사람이 먹고 짐승이 먹고 밭에 대고 논에 대어서 죽었던 곡식이 다시 살았다. 온 동리 사람이 감네의 덕을 길이길이 기렸다.

# 김탄실과 그 아들

## 1

백두산 천지에서 흐르는 물은 두 줄기로 갈라져, 하나는 동으로 내려가다가 두만강으로 흘러들고 하나는 서편으로 흘러들어 압록강 줄기로 들어간다. 사람의 운명도 같은 처지에 나서 같은 환경에서 자랐지마는 그럭저럭 세월이 흘러서 십 년 이십 년 지나는 동안에 서로 거리가 엄청나게 멀어져서, 아주 딴 세상 사람이 되어 버리는 수가 있다. 두 사람이 이웃에서 나고, 혹 형제로 태어나고, 한학교에서 한책상 한걸상에서 같은 선생에게 공부하고 자랐으나, 몇 십 년이 지나간 다음에 한 사람은 학업을 성취하고 출세도 잘 해서 일국과 일세에 이름을 날리고, 한 사람은 비참한 자리에 빠져서 인제 두 사람이 같은 처지에서 자랐던가를 의심하게 되는 일이 있다.

한국은 동란을 만나서 무서운 파괴를 당하고 처참한 고생을 하고 있는 동안, 패전 일본의 수도 도쿄는 파괴되고 불 타서 시커먼 벌판 같던 자리에 차차 새집이 생기고 큰 빌딩이 늘어서게 되었다. 학교 많고 책사 많은 '간다'에도 다 깨끗한 새집이 쭉 들어서서 훌륭한 시가지가 되었는데, 그 한모퉁이에 다행히 폭격과 화재는 면했으나, 수리도 못하고 별 신통한 사업도 못하고 옛 모습만 그대로 지니고 있는 삼층 집이 하나 우뚝 서 있었다. 컴컴하고 침침한 벽돌집이, 새로 지은 아담한 문화주택이며 훌륭한 호텔과 번듯한 음식점과 상점 새에 있어서 더 무색할 뿐인데, 간판만 눈에 띄어서 오고 가는 사람이 발을 멈추고 쳐다보게 되는 것이 곧 도쿄의 우리 청년 회관이었다.

쓸쓸하던 청년 회관에는 새 간판이 또 하나 붙고 사무실이 하나 새로 생겨서 약간 활기를 띠었는데, 그것은 일본에 재류하는 교포를 지도하고 교화할 목적으로 뜻있는 이들의 노력으로 한글 주간 신문이 하나 생겨서 그 사무소를 이 회관에 정하고 간판을 붙이게 되었고 그 신문 주간으로 예전에 본국에서 소설도 쓰고 신문도 해 본 문사요 종교가를 겸한 새 인물이 최근에 초청을 받아 본국에서 와서 회관의 새 식구가 되자, 이 회관 사람들은 물론이요 재류동포들과 특히 신자들과 청년들이 적지 않은 관심과 기대를 가지게 되었다. 삼십여 년 만에 처음 온 Y라는 이 신문 주간도 많은 흥미를 가지고 하루하루를 지내게 되었다.

하루는 Y가 이층 자기 방에서 좀 느지막하게 내려와서 아래층 사무실로 들어가려는 즈음에, 마침 현관 한편 담에 걸린 거울에 어떤 여성의 얼굴이 비치고 그리고 무슨 이상한 노래를 부르고 싱긋싱긋 웃으면서 머리를 어루만지고 두 팔을 벌리고 앞뒤로 옷 모양을 보고 있는 것이 눈에 띈다. 아무리 보아도 보통 성한 여자는 아니다.

Y는 깜짝 놀라서 물끄러미 들여다보았으나, 줄곧 보고 있을 수도 없어서 사무실로 들어가 버렸다. 암만해도 그 얼굴 모습이 낯익은 모습이다.

"그런데 저 현관에 있는 부인이 누구요? 일본 여자요, 한국 사람이오?"

마침 사무실에 놀러 들어온 K라는 학생에게 물었다.

"선생님, 모르십니까? 그가 유명한 김영순 씨랍니다. 참, 선생님 아시
겠군요."

Y는 K의 말에 깜짝 놀랐다.

"뭐? 김영순이라니!"

"그런데 선생님, 왜 그렇게 놀라십니까?"

K는 이상스러운 듯이 Y의 얼굴과 거동을 살펴본다.

"놀라시는 게 이상하시군요. 선생님도 그이와 무슨 연고가 있는 모양
이군요. 잘 아십니까?"

"연고는 무슨 연고요. 그런 말 마시오. 그럼 저이가 예전에 시도 쓰고
하던 평양 여자 김영순이란 말이오?"

"그렇답니다. 그런데 선생님, 왜 그렇게 놀라셔요? 암만해도 수상한데
요."

"그런 장난의 말은 말고, 도대체 이야길 좀 하시오."

"절더러 이야기를 하라구요?"

K라는 청년은 와세다 대학 문과를 금년에 막 마치고 대학원에서 연구
하고 있는 열성 시인으로, 이 회관에서도 유명한 사람이다. 고향이 함북
국경에 있기 때문에 가족과는 소식이 끊어져서 늘 우울한 생활을 하고 있
다가, 같은 문학인인 Y를 만나서 연배는 틀리지마는 좋은 친구가 되어
지내는 형편이었다.

"그래, 이야길 좀 하시오."

"날더러 이야길 하라구 하시지 말구 선생님이 이야길 하셔요. 그에게
대해서는 나보다도 선생님이 더 잘 아실 것 같은데요."

"그럼 내가 아는 대로 이야길 할 테니, K군 아는 것을 우선 이야기하
시오. 그 동안 일본서 지낸 일, 현재의 생활에 대해서 이야기를 하시오.
도대체 어떻게 되었소? 어떻게 저렇게 되었소?"

"공연히 아시면서 그러시지…… 간단히 말하면 소위 사랑에 속고 돈
에 울고 실연 비관한 끝에 정신이상이 생기고 어찌어찌해서 이 회관에 와

서 살게 되었는데, 결국 이 회관과 이 근방에서 명물이 되었답니다. 저 뒤뜰에 있는 문화주택이 그분이 사는 집이랍니다."

K는 웃음을 참지 못한다.

"그래? 문화주택이라니, 저 뒤에 있는 그게 닭의 우린가 했더니 그것 말이오?"

Y는 점점 호기심의 도가 높아져 이렇게 묻는다. 과연 회관 뒤뜰에 닭의 우리 같은 이상스러운 건물이랄까가 있는 것을 무심히 본 생각이 났다.

"아 참, 잊었습니다. 그 집에는 그분이 혼자 사는 것이 아니라 그분의 아드님, 스무 살 먹은 아드님이 같이 있답니다. 저 제본소에서 일하지요."

K는 다시 이야기를 이어서 이렇게 말한다.

"아드님이라니, 웬 아들이 있던가?"

"모르지요. 웬 아들인지…… 좌우간 아들이라니 아들인 줄 알지요."

K는 볼일이 있다고 나갔기 때문에 두 사람의 대화는 우선 이만큼으로 끝났다.

일본 여사무원은 부지런히 신문 독자의 주소 성명을 쓰고 있고 사무실 은 조용하였다.

Y는 테이블을 의지하고 손으로 턱을 괴고 앉아서 무슨 생각에 잠겨 있다.


2


지금으로부터 삼십오 년 전, 아득한 옛날이라고도 할 수 있는, Y도 청춘 시절이었다. Y는 몇 친구들과 같이 《문예》라는 잡지를 시작한 일이 있었다. 이때는 아직 우리 사회에는 문예에 대한 이해가 썩 부족한 때이었다. 소설, 그 중에서도 연애 소설을 쓰면 타락한 사람이 오입하는 일로 알던 때였다.

　사상가, 이때에 사상가라는 것은 민족주의자, 애국자를 이르는 것이었다. 교육가, 종교가, 문학가——그것은 비분 강개한 문구를 늘어놓아서 민족의 운명을 통탄하고 자유와 독립을 은어(隱語)와 비사(譬詞)로 노래를 짓는 사람을 문학가로 쳤는데, 이러한 몇 가지 전문가를 청년의 이상으로 희망하고 나아가며 사회에서도 일러 주는 부류의 사람이요, 그외에 화가라든지 배우라든지 소설가 따위는 뜻있고 생각있는 사람은 못할 것으로 치고 배척을 받는 형편이었다. 사람의 지성을 찾고 인간의 감정을 그대로 노래하고 그리는 것은 별로 가치가 없는 것일 뿐 아니라 도리어 죄로 인정되었다. 그것은 금욕적인 사상을 다분히 가진 초대 교회의 영향도 다분히 있기도 하고, 나라를 잃은 설움과 독립과 자유를 찾는 영웅적인 기풍에서 나온 것이었다.

　교회의 추천을 받아서 스칼라십을 받아 가지고 일본 유학생이 되어서, 장차 교회와 교육계의 지도자가 되려고 하고 또 그러기를 기대받는 Y로서, 소설과 시를 전문적으로 하는 순문예 잡지를 한다는 것은 상당한 오입이요 모험이 아닐 수 없었다. 잡지는 남자만 사오 인 모인 동인제(同人制)로 한 것이었다. 그 동인들은 Y 한 사람을 빼놓고는 다 그 뒤에 당대에 쟁쟁한 소설가, 시인으로 한국 신문학계의 선구자, 창시자(創始者)의 명예를 가지게 된 사람들이었다. 얼마 뒤의 일이었다.

　"우리 남자만 동인으로 하는 것보다 여자도 한 사람 넣으면 어떤가?"

　이것은 동인 중의 H라는 사람의 제안이었다.

　"여자? 여자 중에 어디 동인될 사람이 있을라구?"

　이것은 T라는 동인의 반대의 의견이었다.

　"아니야, 있어. 어디 처음부터 다 된 사람이 있어? 착실히 소질이 있고 희망이 있으면 되지 않는가?"

　이것은 Y 자신의 말이었다.

　"저 사람의 말이 옳은걸. 저 사람도 가끔 바른말을 할 줄 아는걸."

"도대체 누구란 말인가? 누가 그럴 만한 사람이 있단 말인가?"

"있네. 유망한 사람이 있네. 무엇보다 문학을 지망하려고 나아가는 그 용기가 훌륭해!"

제안자 H는 자신과 열있는 어조로 말한다.

"누구? 그러면 넣기로 하지."

T는 마침내 찬의를 표한다.

이리하여 후보자로 오르고 택함 입은 사람이 김영순이었다. 바로 지금 이 회관과 동네의 명물이라는 미스 김이었다. 이때에는 여자로 글 쓰는 사람이라곤 새벽 하늘에 별처럼 드물었다. 또 하나 김이라는 사람이 글을 쓰고 잡지도 하노라고 하지마는, 그는 창작의 소질은 없는 사람이요, 오직 영순이 한 사람이 택함을 입을 만하였다. 아직 미성품인 김영순을 서둘러서 동인으로 넣은 것은 이때에 본국에서 《문예》에 뒤이어 나온 《신조(新潮)》라는 잡지에 끌려가지나 아니할까 하는 기우에서 나온 원인도 있지만, Y의 누이동생의 소학 동창으로 그의 자라 온 환경도 알지마는 문학을 하게 된 동기와 내력을 잘 알기 때문이다.

Y는 지나간 청춘 시절의 일을 더듬어 생각하고, 영순의 기구한 운명의 현실을 바라보고 자못 감개함을 금치 못했다.


3


영순은 역사의 도시요 명승지로 제일 강산이요 색향인 평양, 기독교로 꼽히는 명문가 김박천의 집에 막내딸로 태어났다. 아버지가 박천 군수를 지낸 대지주로 관변으로나 상계로나 쩡쩡 울리는 집의 규수로 곱게곱게 귀엽게 자랐던 것이다.

어려서부터 천생 인물로 곱고 태도가 귀엽기 때문에 이름을 탄실이라고 부르고 색동저고리에 긴치마를 입혀서 인형처럼 단장을 시켜 가지고 이 방 저 방으로  사랑으로 외갓집으로 끌려다니면서 무척 귀염을 받았다.

예수 믿는 외할머니는 탄실이를 데리고 정진학교라는 교회학교에 가서 입학시켰다.

물론 학교에서도 선생들의 귀염을 받았다. 탄실이는 온 학교에서 선생님들의 귀염을 독차지하고 인기의 중심이 되었다. 탄실이는 곱고도 재주가 있고, 그 동무 명숙이는 복스럽게 생긴데다가 활발하고 말을 잘 하기 때문에 학예회나 크리스마스 때에는 늘 뽑혔다. 두 아이는 다 공부도 잘하고 똑똑하다고, 학교에서나 집에서나 이 다음에 이화여전까지 시켜서 한국의 유명하고 훌륭한 여자가 되기를 바랐다.

세월은 흘렀다. 탄실이는 영순이라고 이름을 고치고 관립 여자고보에 입학한 지 삼 년 만에 어머니를 여의고, 아버지 김박천은 전부터 첩을 얻어 가지고 살면서 금광을 하다가 파산을 당하고는 서울로 만주로 다니며, 오빠들은 서울로 일본으로 나가고, 영순이는 무척 고독하고 우울하게 지냈다. 학교에는 결석하는 날이 많고 집에 들어앉아서 미술하는 큰오빠가 보던 일문 소설책만 읽고 있었다.

외할머니는 이것을 걱정하여 교회에 데려가려고 하고, 목사가 찾아와서 권하고(교회학교) 정의학교에 다니는 명숙이가 끌어도 시간 낭비라고 다 거절하고 여전히 소설책만 읽었다. 아버지는 연애 소설만 읽는다는 것을 알고 꾸중을 하면서 교회 가기를 권했으나, 영순은 교회에는 염증을 내고 질색을 하였다. 이것도 저것도 하지 말라는 것이 싫다는 것이었다.

영순이가 졸업할 무렵에는 연애한다는 소문이 높아졌다. 할머니는 이것을 알고 몹시 걱정하고, 아버지는 부랴부랴 약혼을 시켰다. 공부를 더 하겠다고 아무리 졸랐으나, 아버지는 들은 체도 않고 졸업도 하기 전에 시집을 보내려고 서둘렀다. 여학교 교장이 중재를 해서 졸업이나 하고 결혼을 하라고 권했으나, 영순은 졸업하던 날 일본으로 달아났다. 문학을 지망하여 도쿄로 간다던 숙원을 이루려고 한 것이다.

'영순은 자기의 눈이 뜬 사람이다. 지혜의 열매를 맛보고 미의 세계를 동경하고 있다.'고 하는 것은 그때 일본인 영어 교사의 평이다.

4

Y는 별로 일도 없이 현관 쪽으로 나가 보았다. 김영순이라는 그 여자가 혹 그냥 있는가 하고. 있으면 그 꼴을 좀 자세히 보려고 나가 보았으나, 어디로 나갔는지 자기 처소로 들어갔는지 보이지 아니한다. 잠깐 서슴서슴하고 섰는데, 어디서 계집애 목소리로 찢어지는 소리가 들린다.

"쌍! 어떤 놈이 우리 애기를 때려서…… 쌍!"

저게 누군가? 하면서 Y는 그 소리나는 방향을 따라서 강당 쪽으로 가 보았다. 강당 뒤 회관 뒤뜰 한가운데 한 다리를 뻗치고 비스듬히 앉아서 병아리 한 놈을 만지고 들여다보면서, 혼자서 계집애 목소리로 떠드는 것은 아까 현관에서 보던 영순이다. 머리는 굉장히 구실러지고, 찢어진 스커트 틈으로 거의 엉덩이까지 드러낸 그 모양을 자세히 오래 보기가 거북해서 Y는 얼굴을 돌렸다.

'저이가 과연 영순일까?'

Y는 곰곰 생각하여 보았다. 나이는 늙었으나 목소리는 늙지 아니했는지 분명히 옛날에 듣던 그 목청이 분명하다.

"김가, 네가 우리 아가를 때려서 다리를 절게 했지? 응, 이 쌍 김가야."

고개를 들어서 어딘지 위를 쳐다보고 그는 소리를 지른다. 아기라는 것은 병아리를 말하는 것이다. 김가라는 것은 Y가 사귀어 지내는 젊은 친구 K를 말하는 것 같다. K는 삼층에 있었다.

"미쓰 김! 그저 오햅니다. 내가 미쓰 김을 얼마나 존경하고 사랑하기에 미쓰 김네 병아리를 다쳐서 상하게 해요?"

"호호호호, 우리 김씨는 나를 사랑하지. 우리 애인이지, 호호호호."

과연 미치기는 미쳤구나 하고 Y는 속으로 썩 가엾게 생각하였다.

몇 날 지난 밤이었다. 달이 유난히 밝은 초가을 밤이었다. 저녁 식사를 마친 Y는 갑갑도 하고 '홈식'도 나고 해서, K를 찾아서 같이 책방 구경을 하고 다방에도 들러서 들어오는 길에,

"우리 어디 저 미쓰 김한테나 가서 이야기나 붙여 볼까요?"

하는 K의 말대로 회관 뒤로 갔다. K는 창을 노크하였다.

"미쓰 김 계세요?"

"그거 누구가?"

자려고 벗었던지 아래만 입고 위는 벗다시피 한 주인은 창으로 내다본다.

"미안합니다, 실례합니다."

"왜덜 밤에 밀려다녀, 젊은 사람들이."

"달이 좋아서 산보갔다 왔답니다. 달이 좋지요, 미쓰 김?"

"달이 좋으면 무얼 해. 돈이 있어야지. 다 쓸데없어!"

"달구경도 돈 있어야 하나. 좀 나와 보아요, 저 달을."

"싫어, 싫어!"

"그럼 미쓰 김, 노래나 하나 해요."

"제나 하지, 날더러 왜 하라나?"

"그러지 말구 하나 해요."

"싫어! 싫어! 저 손님은 누구야? 모르는 손님 있는데 싫어!"

한편에 서서 두 사람의 회화를 듣고 있던 Y를 손가락질을 하면서 미스 김은 말한다.

"참, 실례했습니다. 소개합니다. 이분이 Y 선생님, 이분이 미쓰 김, 김영순 씨, 아시지요? 피차에……."

K는 이렇게 제법 인사를 시켰다.

"몰라, 몰라! 나는 저런 사람은 몰라."

"왜 몰라요. 유명한 Y선생을 몰라요? 옛날에 같이 잡지에 글을 쓰시고…… 미쓰 김 젊었을 때에…….."

"몰라, 몰라. 김씨, 오늘 저녁 오고루(한턱) 해."

미스 김은 그러면서도 슬쩍슬쩍 Y의 얼굴을 쳐다본다.

"명숙이란 계집애는 밤낮 미국 간다더니, 미국 가문 돈이 많이 생기나? 미국 사람하구 사나 봐."

"이분도 바로 그 명숙이라는 이를 잘 아신답니다."

K는 Y를 가리키면서 미스 김을 들여다보고 옛날 기억을 끌어내 보려고 하였다.

"그분이 누군데? 그런 말 하지 말구 어서 한턱 해. 김씨 코하며 눈썹하며 미남잔데. 저 사람이 김씨 고이비도 빼앗은 사람이지?"

미스 김의 말은 점점 험하게 나온다. Y는 K를 재촉해서 들어가 버렸다. 들어가서도 달은 밝은데 잠은 아니 오고, 옛날 일이 하나씩 둘씩 생각한다.

《문예》잡지 할 때에 H랑 같이 찾아서 원고를 청할 때에 그 시대의 첨단을 걷던 영순이, 좋은 집에서 축음기며 기타며 갖은 악기를 놓고 명화를 걸고 커피를 내고 맥주를 내서 권하고 자기도 마시고 명랑하게 웃으면서 이야기하던 일, 그런 지 몇 해 후에 해외로 다녀온 동안 M이라는 자기보다 어린 사람과 한동안 동거하다가 헤어진 뒤에 지내던 일, 그 뒤에 떨어진 몸이 되어 카페로 다방으로 낙화생과 담배를 팔러 다니는 것을 보던 일, 그리고 옛날 동생 명숙이와 같이 다니면서 놀던 귀여운 탄실이 시절 일을 생각하고,

'저는 일찍이 남보다 먼저 개성의 눈이 떠서 용감하게도 금제의 열매를 따먹기는 했으나, 험악한 사회의 거센 물결을 이길 길이 없어서 파선의 역경을 당한 결과 백발이 되었구나!'
하고 깊은 탄식을 하였다.

Y는 그 뒤에 구태여 영순에게 자기가 누구라는 것을 알도록 하려고도 하지 않고, 모른 체하고 지냈다. 한번은 밥과 찬을 보내 봤으나, 웬일인지 받지 아니한다고 도로 가지고 온 일이 있었다.

## 5

Y는 한 반 년 만에 본국에 갔다가 여름을 지내고 와서, 밀렸던 사무를 처리하고 급한 원고를 쓰기에 바빴다. 그래서 회관 뒤뜰 미스 김에 대한 생각을 할 여유도 없었다. 하루는 오후에 사무실에 앉아서 오래간만에 미국 있는 동생 명숙에게서 온 편지를 받아 읽고 있는데, K가 나오라고 찾는다.

Y는 무심코 나가 보았다. K는 Y를 강당 쪽으로 끌고 가서 뒤뜰을 가리킨다. 자동차가 한 대 오고, 수선수선한다. 동네에서 구청에 말해서 미스 김을 시립 뇌병원에 데려간다는 것이다.

"아이구, 왜, 왜? 내가 어쨌다고…… 나를 어디로 가자는 거야?"

미스 김은 자동차를 두 손으로 떼밀고 안 타려고 버둥거린다.

"오바상(아주머니)! 이런 집에서 늘 사시겠어요? 아들이 좋은 집 얻어 놓고 모셔간다는데 어서 가세요, 그러지 말고……."

제본하는 집 일본 마누라가 이렇게 달랜다.

"아니야! 거짓말이야, 거짓말. 나를 미치광이라고 병원에 데려가는 거지 머야. 망한 것들…… 내가 왜 미쳐…… 미치긴 저희들이 미쳤지. 성한 사람을 미쳤대, 호호호호."

"어머니, 어서 가세요. 그런 게 아니구 무슨 병이구 다 고치는 큰 병원이랍니다. 어머니, 늘 가슴 아파서 그러지요? 그리구 또 심장병이 있지 않아요? 심장병도 고치구, 자, 어서 타세요."

아들 정일의 말이다. 일본말로 쇼이치, 혹 쇼창이라고 부르는 아들이 어머니의 팔을 붙들고 차에 올라타기를 권한다.

"그럼 그렇지. 그래두 우리 아들이 바른대루 말한다. 병원이지, 병원이야. 이사는 무슨 이사. 집이 집이구 이사라면 짐도 안 싣고 그냥 가? 정일아! 그래도 웬 돈 있니? 돈 내라면 어쩔 테야?"

제법 병원에 입원하면 입원비 낼 걱정을 하는 것이다.

Y는 전화가 오고 바빠서 사무실에 들어와 있다가, 한참 만에야 다시 나가 보았다. 수선거리던 뒤뜰은 조용해졌다. K의 말에 의하면 영순은 결국 아들과 같이 차를 타고 아오야마(靑山)에 있는 시립 뇌병원으로 갔는데, 가면서 닭을 잘 보아 달라고 부탁을 하고 자기 집이나 닭의 우리를 몇 번 돌아보면서 차를 타고 갔다고 한다.

미스 김이라고 부르는 김영순이 떠난 다음 날, 그가 몇 해 동안 아들 정일이와 살던 집이랄까, 우리랄까 하는 것은 정일이의 손으로 헐어 버리고, 그가 가면서 간곡히 부탁한 닭들도 처분하고…… 아들의 손으로 회관에 신세졌다고 몇 마리 내서 학생들이 먹고, 더러 팔아먹고, 청년회에서 깨끗이 소제를 시킨 뒷자리에는 흔적도 없이 말갛게 치워지고 낙엽진 은행나무잎만 뒹굴고 있다.

## 6

영순의 아들 정일이는 어머니와 같이 살던 집이자 닭의 우리를 제 손으로 헐고 뜯어서 이웃집 고물상에게 넘겨 주고 닭 몇 마리는 팔아먹고 몇 마리는 회관에서 자취하는 사람들에게 그 동안 신세졌다고 인사 겸 선사를 하였다.

"어디 갈 데가 있소? 불쌍하니 방 하나 줍시다. 제 칠 호실을 주지요."

청년회 C총무는 이사장 대리인 Y선생 보고 이렇게 의논한 결과, 삼층에 한 방을 주어 들도록 하였다. 그 대신 뒤뜰에 있는 모양 흉한 움집은 헐어 치우기로 한 것이었다.

"Y선생과 여러분이 너를 동정해서 방을 하나 주기로 했으니, 앞으로는 방세도 내고 그리구 회관 규칙을 잘 지켜야 한다. 그리구 말이야, 너도 차차 나이두 먹어 가니 저렇게 병이 있는 너의 어머니도 생각하고, 네가 독립해서 살면서 부지런히 일을 해서 돈도 모아야 한다. 그래 가지고 장가도 가서 남과 같이 살아야 하지 않느냐. 너만 진실하게 일을 하면 딸들을 주려고 할 게 아니냐."

마음좋은 C총무는 그날 밤에 정일이를 불러 놓고 이렇게 일렀다.

"하이하이(네네)."

키가 크고 얼굴이 허여멀쑥한 정일이는 허리를 굽실굽실하면서 일본말로 대답을 하고 돌아서 나갔다.

정일이 어떻게 영순의 아들이 되느냐?

그것은 이 회관에서도 자세한 일을 아는 사람이 별로 없었다. 영순이 친히 낳은 것은 아니다. 영순은 한 번도 제대로 생산을 해서 길러 본 일은 없었다. 늘 혼자 있기가 허전하기도 하고 외로워서, 어떤 동무의 권으로 겨우 돌이 지난 사내아기를 맡아 길렀다. 누구가 난 아긴지, 아이의 아비는 누군지, 그것도 절대 비밀로 해 달라고 해서 그 비밀을 지키기로 하고 맡았다. 영순은 대강 짐작은 했지만, 구태여 자세히 알려고 하지도 아니하고, 또 아무에게도 말도 하지 아니하였다.

"어머니, 아부지는 왜 없어요?"

정일이 가끔 이렇게 물어 오면,

"너의 아부지는 공부를 너무 열심으로 하다가 그만 병이 나서, 오래 앓다가 죽었단다. 너는 그다지 애써서 공부하느라고 그러지 마라. 공부하다가 몸 약해지고 죽으면 쓸데 있니!"

영순은 이렇게 어름어름 대답을 해 버리는 것이었다. 사실 자기 자신이 공부를 하다가 아무 보람도 없이 고생만 하는 것이 원통하고, 제 몸이 약해서 남과 같이 씩씩하게 겨루어 나가지 못하는 것이 한이 되었기 때문에 그런 말을 한 것이었다. 그럭저럭 전쟁이 나서 한 몸도 살기 어려운데 어린것을 등에 업고 다니면서 고생은 많이 하였으나, 언제 안정한 생활을 못하고 더구나 남자에게 속고 버림을 받고 하는 동안 쓰라린 경험을 하기 때문에 정일이를 공부를 시키거나 따뜻한 품에서 돌보고 가르쳐 본 일은 없었다.

"그애는 목숨이 살아온 것만 다행이야."

이런 것이 영순이를 알고 정일이를 아는 사람이 가끔 하는 말이었다.

정일이는 한 달에 한 번씩은 꼭 어머니를 그 병원으로 찾아가 보았다. 병원에서 한 달에 한 번씩 치료비 지불하라는 청구서가 오면 돈이 있으면 곧 가거나, 그렇지 아니하여 며칠 지체하게 되면 독촉하는 엽서가 오기 때문에, 두 번째 청구서를 받으면 일하는 제본 공장 주인에게 선불을 해 달래 가지고라도 기어이 가지고 갔다.

"닭들이 잘 있니? 잊지 말고 모이를 잘 주어라."

정일이 가면 무엇보다도 닭의 문안부터 먼저 하는 것이었다. 정일은 거짓말을 하는 것이 안되었지만, 잘 있다고 대답을 하고, 먹고 싶은 것이 있으면 사서 먹으라고 백 원짜리 돈을 한 장이고 주면 웃고 좋아하면서 받고는, 병원에서 고맙게 잘 해 주니까 제 걱정은 말라고 하는 어머니의 말을 듣고 돌아서 나오곤 하였다.

오는 길에는 청년회 제 방으로 들어가지 않고, 그 근처 술집에서 술을 몇 잔 사 먹고 얼근하게 취해서 허둥지둥 거리로 다니다가, 늦게야 처소에 돌아와서 쓰러져 자는 것이 버릇이었다.


7


지루한 장마가 한 달이나 끌어 가는 유월 그믐이었다. Y선생은 원고를 쓰다가 머리를 쉴 겸 슬슬 아래층으로 내려갔다. 총무 사무실 앞에서 사람들이 모여서 수군수군 무슨 이야기를 하고 있는 모양으로 보아서, 무슨 심상치 아니한 일이 있는 모양이었다. 거기에는 Y선생의 젊은 친구 K도 서 있다.

"당초에 알 수가 없구먼요. 무슨 일로 그랬는지. 우리 집에서는 그럴 일이 없는데요."

정일이 일하는 제본 공장 마누라의 말이다.

"회관에서도 그럴 일이 있을 리가 없는데요, 내가 모르긴 하지만."

회관에서 소제하고 일하는 일본 노파가 걱정스러운 모양으로 하는 말이다.

"C총무두 저더러는 방을 내라지도 않았을 텐데. 글쎄 여자 관계는 아닐까?"

K가 웃으면서 던지는 말이다.

"아니, 그런 것 같지도 않은걸요. 나는 여자가 찾아다닌 것을 못 보았으니깐요."

제본 공장 마누라의 말이다. 알고 본즉 정일이 어디서 쥐 잡는 약을 먹고 죽는다고 야단법석이 나서 병원에 입원을 했는데 생명에는 관계없으나 처치 곤란이니, 치료비를 물고 데려가라는 통지가 보호자에게 온 것이라는 것이다. 보호자는 C총무를 대고 주소는 제본 공장으로 했기 때문에 자기네게로 전화가 왔다는 것이다.

C총무는 지방에 출장 가고 없기 때문에 제본 공장에서 정일이를 동정하기도 하고 일이 바쁘기 때문에 사람이 아쉬워서, 주인 마누라가 친히 가서(월급에서 제할 셈치고) 병원 돈을 물고 데려왔다는 말을 Y선생은 나중에 듣고, 정일이가 자살하려고 하던 까닭을 다시 생각해 보았다.

정일이 자신은 일체 침묵을 지키기 때문에 알 수는 없으나 별 대수로운 일은 아니라는 것이다. 제본 공장 마누라의 말에 의하면 정일은 가끔 술을 먹는다고 한다. 같이 다니는 동무도 없는 모양인데, 가끔 저보다 나이도 많고 깡패 같은 녀석들에게 놀림거리가 되어서 돈을 쓰는 모양이라고 한다.

"그래서 그런지, 요새는 자꾸 옹색하다고 하면서 선불을 해 달라고 찾아 갔기 때문에 이달에는 별로 받을 것도 없답니다. 밥은 집에서 먹으니

간 좀 절약하면 매달 어머니한테 좀씩 갖다 드리구 돈두 모일 텐데……."

제본 공장 마누라의 이런 말도 들었다. 그러니깐 돈 때문에 주인에게 언짢은 말을 들었는지도 모른다.

"그러면 돈 때문에 그랬을까? 사나이 자식이 설마 그만 돈 때문에 죽으려고 했을까?"

Y선생은 어느 날 C총무와 같이 앉아서 이런 이야기가 나서 C총무에게 의견을 물었더니,

"글쎄 나도 모르겠어요. 그놈 참 시끄러워서……."

정일이의 자살 소동은 별로 대수롭지 아니한 일인 것처럼 C총무는 말하고, 딴 이야기를 꺼냈기 때문에 더 알아볼 수 없었다. 그러나 Y선생의 생각에는 돈보다도 그의 고독감, 혹은 열등감이 그런 일까지 저지르게 되는 것이 아닌가 하고 생각되었다.


**8**


장마도 개고 더위도 지나고, 아침 저녁은 선선한 어느 날 밤이었다. Y선생은 앙드레 지드의 《전원 교향악》을 읽다가 놓고 막 자려고 누웠다가 방문을 노크하는 소리를 듣고 귀찮은 듯이 일어나 나가 본즉, 뜻밖에도 정일이가 말도 없고 고갯짓으로 인사를 하면서 들어선다.

Y선생은 몇 날 전에 C총무에게 정일의 일을 들은 일이 있었기 때문에 반기어 악수를 해 주고, 침상 옆에 있는 의자에 앉기를 권했다. 그러나 정일은 미안한 듯이 앉지도 아니하고 말도 아니하고 우두커니 서 있다.

"선생님, 저 신분증명 좀 해 주셔요."

아무리 앉으라고 해도 앉지 않고 서 있다가 일본말로 이렇게 말하는 것이다.

"왜? 신분증명은 무엇에 쓰게?"

Y도 일본말로 이렇게 물을 수밖에 없다.

"아무쪼록 부탁합니다."

묻는 말 대답은 아니하고, 이렇게 말하는 정일을 Y선생은 이윽고 바라보았다.

"C총무님더러 해 달라지, 왜 날더러 해 달라는 거야?"

"C총무님에게는 미안해서요."

정일의 이 말을 기다릴 것 없이 Y선생은 그 사정을 잘 알 수 있었다. C총무의 방에서는 몇 만 원과 여러 가지 귀중한 서류가 든 손가방을 훔쳐 갔다가, C총무가 곧 짐작을 하고 정일을 조용히 불러서 간곡히 타이르고 책망도 하고 위로도 하면서 이야기한 결과 돈은 오천 원이나 거의 소비하고 남은 것을 가져온 일이 있는데, 정일은 눈물을 흘리면서,

"돈이 급해서 그랬어요. 이제 제가 아뭏게도 벌어서 물겠어요. 어디 다른 데 취직 좀 시켜 주세요. 그 집에는 월급이 적어서 그만두겠어요."

Y선생은 이미 들은 일이 있었기 때문에 곧 짐작이 되었다.

"신분증명이 꼭 필요하다면야 총무님이 해 주시든지 내가 해 주든지 염려 없지만, 글쎄……."

Y선생은 다시 정일의 얼굴을 유심히 들여다보고 태도를 살펴보았다.

"선생님, 저는 부끄러워요. 저도 제 마음을 모르겠어요. 저 같은 게 살아 무얼 하겠어요."

정일은 Y선생의 태도를 짐작했는지 땅바닥을 들여다보면서 이런 말을 하는 것이다.

"아니야. 자네는 아직 나이가 어리니까 그런 거지. 이제라두 진실하게 살아가면 좋은 사람이 될 수 있는 거야……."

Y선생은 부드러운 말로 위로하였다.

"Y선생님, 저는 정말 믿을 데가 없어요. 저는 지금까지 사랑을 모르고 자라났어요. 어머니도 아마 저 같아서 그런 병이 생겼나 봐요. 정말 어머니는 저렇구 저는 믿을 데가 없어요."

정일의 양쪽 큰 눈에서 눈물이 뚝뚝 떨어진다.

"믿을 데가 없긴 무어 믿을 데가 없어! 자네 몇 살이지? 스물한 살? 사내가 나이 스물이 넘고 몸이 그만큼 튼튼해 가지구 믿긴 무얼 믿어. 제가 제 힘으로 살지. 허긴 자네 말이 옳아. 세상에는 믿을 데가 없는 거야. 하느님을 믿지, 예수를 믿고…… 하느님께서 이렇게 튼튼한 몸을 주셨으니깐, 손과 발을 주시고. 그러니까 내 손과 내 발을 가지고 독립으로 살아갈 생각을 해. 무슨 고생이나 참구 마음만 바루 가지고 살면 그만이지. 세상은 아무 놈도 믿을 놈이 없어. 하느님을 믿고 저를 믿고 살면 되는 거야……."

Y선생은 처음으로 정일에게 이런 말을 해 주었다. 벌써 그를 찾아보고 위로해 주고 지도해 주지 못한 것을 후회하면서 간절히 일러 주었다.

"선생님, 저 이제부터는 마음을 고쳐먹고 잘 하겠어요. 잘 지도해 주셔요."

흐르는 눈물을 주먹으로 씻어서 젖어 있는 정일의 커다란 손을 선생은 꽉 붙잡고,

"그래 마음을 고쳐먹고 마음을 든든히 먹고 씩씩하게 살아가…… 자네 어머니는 모르는 모양이지마는 나는 자네 어머니를 젊어서부터 잘 알아. 한고향 사람이구…… 자네가 매달 어머니한테 병원 치료비를 갖다 준다는 말을 듣고 참 기특하고 고맙게 생각했어……."

정일은 아무 말도 아니하고 눈물만 흘리고 있다가 자랑인 듯 말한다.

"몇 날 전에도 가 보았어요. 깨끗하게 하고 계신 걸 보니깐 제 마음도 좋던걸요. 닭이 잘 있느냐 그 새 더 불었느냐고 닭 염려를 퍽 하시던걸요."


9


크리스마스가 몇 날 남지 아니한 십이월 중순이 지난 어느 날이었다.

조용하던 회관은 본국에서 영국으로, 미국으로, 석 달 동안 교육 시찰단으로 다녀온 각 대학 총장, 교수 몇 사람을 환영하는 파티로 수선수선하였다. 파티가 끝난 다음에 다른 손님들은 바쁘다고 하며 먼저 가고, 그 중에 서울 S여자대학 학장 오 박사는 남아서 회관 안을 한 번 구경한 뒤에, C총무와 Y선생과 같이 앉아서 일본에 있는 한인 사회와 특별히 한인 학생의 형편을 물어 보고 자기가 전에 젊어서 동경에서 공부할 때에 지내던 이야기도 하고 있었다.

"그런데 참 김탄실이가 아직도 일본에 있다는데 어떻게 되었어요?"

오 박사는 문득 옛친구가 생각이 난 듯이 C총무와 Y선생을 돌아보면서 이렇게 묻는다. 오 박사는 바로 탄실의 소학 동창 명숙이다.

"김탄실이요?"

C총무는 김탄실이가 누군지 몰라서 반문을 한다.

"참 탄실이는 애명이지. 영순이지, 김영순이라구 왜 한동안 여류 문사로 시도 쓰고 하던 사람 있지 않아요?"

"네, 압니다. 있지요."

Y선생이 먼저 대답하고, C총무더러 눈짓을 하고 뒷마당을 가리키면서 귀에다 대고 수군수군해서 알게 하였다.

"네, 네, 선생님께서 그를 아십니까?"

C총무는 희한한 듯이 묻는다.

"옳아, 옳아. 독터 오께서 잘 아실 걸요."

Y선생은 고개를 끄덕거리면서 웃는다. 오 박사도 고개만 끄덕거리고 있는데, 총무는 그 동안 실성을 해서 뒷마당에 움집을 짓고 살던 이야기를 하다가 지금은 정신병원에 가 있다고 하고 나서, 손님을 끌고 가서 그 자리나마 구경을 시켰다. 오 박사는 그냥 고개만 끄덕거리다가 겨우 입을 열어서 묻는다.

"그러면 아무도 없이 혼자 살았어요?"

C총무와 Y선생 두 사람은 번갈아 정일의 이야기를 하였다. C총무는

정일이 때문에 트러블을 많이 당하는 이야기를 하였다.

"두 사람이 다 불쌍해요."

Y선생은 지난 가을에 정일이가 자기 방에 와서 울면서 이야기하던 일을 생각하고 말하였다.

"불쌍하군요. 내가 시간이 있으면 두 사람을 좀 다 찾아보고 갔으면 좋겠는데……."

"만나 보셔야 모를 겁니다. 나도 몰라보던데요."

Y선생이 웃으면서 이렇게 말하는데, 전화 신호가 따르르 운다. C총무는 얼른 일어나서 수화기를 들었다.

"네, 네, 제가 총무올시다. 왜 그러십니까. 정일이요? 네, 네, 여기 있는 사람입니다. 왜요? 그렇습니다. 다른 관계는 없지만 내가 여기 총무인 관계로 보호자의 이름을 가지고 있습니다. 내가 가야 돼요? 왜요? 무슨 일이 있어요? 네? 자살이오? (C총무는 머리를 벅벅 긁으면서 뒤를 돌아본다.) 언제 그랬습니까? 어젯밤에요? 생명에는 관계없습니까? 네, 네, 알았습니다. 곧 가겠습니다."

전화를 끝내자 세 사람은 말없이 서로 바라보고 섰다가 누가 그랬는지 '어서 가 보십쇼.' 하는 말이 들리고, C총무는 모자와 손가방을 들고 먼저 나가고 Y선생은 손님과 같이 뒤따라 나가서 택시를 타고 어디로인지 달려갔다.

# 나의 자서전 서장

비록 갈대와 같이 연약한 인간이라도 우주의 대생명(大生命)의 한 줄기를 받아서 땅 위에 태어난다고 하는 일은 결코 우연한 일이 아니요, 허술한 일이 아니라고 믿는다.

나는 1894년 1월 18일에 한반도 북쪽 금수강산이라고 이르는 평양성 한모퉁이에서 제법 크게 으아! 소리를 질러서 한밤의 고요한 공기를 흔들면서 땅바닥에 떨어졌다.

청일전쟁(淸日戰爭)이 터지기 몇 달 전 동양의 풍운이 자못 험악한 그 시절에 한국의 이름없는 선비의 집에 한 아들로 새 생명이 생겨났기로서니 대수로운 일도 아닐 것 같으나, 그렇다고 하필 역사의 한 교차점에 나라는 생각하는 갈대로 떨어졌다는 사건은 어떤 의미가 있는 것인지 그것도 가볍게 헤아려 버릴 수 없는 일인 것이다.

철학자 괴테는 어린것이 자라서 나라는 의식을 가지고 나라는 발언을 하는 그날이 정말 그 아이 그 사람의 생일이라고 했지마는, 어쨌든 나라는 생명이 땅 위의 생활에 처음으로 인연을 가진 그 시간도 노상 까닭없이 생각할 수 없을 것이 아닌가 한다.

　그 사람이 자기 세상에 플러스되는 일도 있고, 그래서 그 출생이 다행인 경우도 있고, 혹은 세상에 마이너스가 되는 수도 있어서 자기 선생님 예수를 잡아 준 가룟 유다처럼 그 사람은 차라리 나지 아니했더면 좋을 뻔했다고 할 경우도 있다.

　1794년 2월 12일은 흑노(黑奴) 해방과 민주주의 조상인 에이브러햄 링컨이 나서 인류 역사의 복된 날이 되었고, 1828년 8월 28일은 또한 인류의 애인인 대문호(大文豪) 톨스토이가 나서 복된 날이 되었으며, 1875년 1월 14일은 알베르트 슈바이처가 난 날로 세계 인류에 은덕을 끼친 것으로 널리 알려져 있는데, 1894년 1월 18일은 몇 사람이나 기억할 것인가? 그날도 인간 역사에 어떤 관계를 짓게 될 것인가? 그날에 생겨난 사람이 이 세상에 마이너스가 되겠는가 플러스가 될 것인가?

　어머님은 한가한 때면 옛일을 회고하시고 장성한 아들의 머리를 아직도 젖먹이 아기인 듯이 쓰다듬으면서 이야기를 하시는 것이다.

　"너의 아버지는 무슨 일인지는 나도 모르지만 밤낮 서울로 어디로 길을 떠나셨단다. 그러면 나는 늘 아이들만 데리고 혼자 지내지 않겠니? 여니때도 나가시는 게 싫은데 더구나 해산 달이 가까운 때는 부디 안 나가셨으면 해도 나가시지.

　아버지는 무슨 책을 보시고 해산할 날과 시를 미리 아시누라고 장담을 하셨지. 하긴 거진 맞긴 맞더라. 한데 그때에도 '내가 다녀온 뒤에야 날 테니 염려 말어.' 하시고 가셨지. 그러신 게 맞긴 무얼 맞어. 가신 지 사흘 만에 낳은걸……

　어린것들은 다 자고 고모님이 보아 주시기로 됐는데 나는 산기가 있어서 몹시 아픈 것을 참고 아기가 나오기를 기다리는데 나올 듯 나올 듯하면서 시간을 끌고 안 나오고 있으니까 쩔쩔매고 돌아다니던 고모님이 어디서 동전 오 전 한 푼을 얻어 가지고 손바닥에 펴들고 '아가 아가 돈 줄게 나오너라 돈 줄게 나오너라.' 고모님은 그냥 그리구 있단 말이야. 어

찌 화가 나는지,

'형님 그게 무슨 소리라고 하시우 듣기 싫어요. 배 안에 있는 아기가 무슨 돈을 안단 말이오.'

아픈 중에도 말을 아니할 수 있어야지. 그래도 고모는,

'돈 준다는데 말 안 듣는 녀석 없더라.' 이렇게 중얼거리면서 나가시더구나. 그러자 나는 잠깐 깜박 잠이 들었거든. 그런데 아버지가 완연히 구레나룻 수염을 쓸고 기침을 하면서 방으로 들어오시지 않겠니. 들어오시자 내가 아파서 몸부림하는 것을 보시고 얼마나 수고하느냐 하면서 뒤에서 나를 꼭 붙들어 주시더구나. 그러자 퍼뜩 잠이 깨니 꿈이더구나. 그러자 이상한 힘이 생겨서 단단히 힘을 주었더니 아이가 쉽게 나오지 않았겠니. 꿈에라도 아버지가 옆에 계셔서 너를 쉽게 낳았단다.

그리고 그날 저녁에 아버지 편지가 왔는데 애기 낳기 수고했겠다고 위로하는 말을 하시구 그리구 이삼 일만 기다리라고 하시구 아이 이름은 인천 태생이라 인길(仁吉)이라고 하기로 했다고 했더라."

이렇게 어머니는 나를 낳으실 때에 지난 이야기를 두고두고 하시는 것이었다.

나는 어머니 배에서 나오기 전부터 돈을 좋아하지 않고 돈의 힘에 움직이지 아니하였고 일평생 돈하고는 담을 쌓고 살아왔으며, 결국 돈으로 살고 돈으로 움직이는 세상과는 딴 길을 걸어오게 된 것도 숙명적이라면 숙명적이요, 내가 일생 걸어온 길과 내 세계는 딴 데 있었다고 볼 수 있고, 그리고 극히 미약하나마 돈의 세계에 대한 도전하는 생애였다고 하는 생각이 든다.

그 시절에도——지금으로부터 반세기나 훨씬 지난 옛날에도 돈의 세력이 대단해서 웬만한 일은 다 돈으로 좌우되었는지, 얼마나 돈 때문에 답답하고 억울한 일을 당하면서 간곤하게 지냈던지 내 고모님이 배 안에 있는 날더러까지 돈 줄게 나오라고 하셨던가 싶은 생각이 드는 것이다.

돈으로 감투를 사고 팔고, 죽을 놈도 살고 하는 것은 이조 말년인 그

시대나 지금이나 마찬가지지만, 그래도 그때는 돈을 산더미같이 쌓아 놓고 꼬여도 까딱도 안하는 선비도 있었다.

내 아버지도 그런 선비 중의 한 사람이었던지 돈으로 벼슬을 시켜 달라고 엽전을 말바리로 싣고 와서 청하는 것도 야단을 쳐서 돌려보내고 돈 생기는 원수나 수령을 가끔 거절을 하였다는 것이다. 옛글에 이르기를,

'돈이라고는 빈 주머니도 없는 거지나 금을 가지고 채운 부호들이나 무덤에서는 마찬가지로 한줌 흙으로 화할 것을(구약성서《욥기》의 한 구절).'

돈으로 잠시는 행복을 누리는 일도 있겠으나 돈 때문에 불행에 울고 사는 사람이 더 많은 세상이어늘 나는 육십평생에 돈 때문에 고생도 하고 답답한 일도 가끔 있었건마는 고모님이 돈 줄게 나오라고 해서 그 말을 듣지 않은 것을, 그리고 돈을 바라고 세상에 나오지 아니한 것을 한 번도 후회해 본 일은 없다. 다만 세상에 하도 가엾고 불쌍한 사람들을 도와 주고 불행에 울고 있는 사람들을 구해 주려는데 돈이 없는 것이 딱할 뿐이다.

내가 어려서 앞뒷집에 살고 한학교에서 배운 죽마고우요 소학 동창인 친구가 있는데, 그는 고향에서 첫손가락을 꼽는 부자의 아들이었다.

그는 어려서부터 부족한 것을 모르고 자랐고, 자라서 일본으로 유학할 시절에도 학비를 넉넉하게 쓰고 따라서 퍽 자유롭고 호화로운 생활을 하였다.

내가 장성해서 일본에서 공부할 무렵에는 내 집의 살림이 더욱 곤란했고, 따라서 나는 학비의 곤란을 당하고 있을 때였고, 그와 나와는 네 것 내 것이 없이 지내는 동안에 어느 정도 편리를 본 일이 있었고, 주위 사람들도 부러워하지 아니한 바가 아니었다.

그러나 나는 지금까지 큰 실수 없이 큰병도 없이 지내 왔으나 그는 사십을 넘기지 못하고 죽었다.

그는 술과 여색과 도박으로 몸을 망쳤고 나중에는 아편도 배웠던 것이다. 말할 것도 없이 그것은 다 돈이 있었기 때문이었다.

나는 고지식하고 양순한 선비의 아들로 태어나서 어려서부터 남을 때리거나 남을 저주하는 욕을 배워 보지 못하고 자랐다.

내 아버지가 평양에서 떠나서 마침 그때에 새로 개항되는 항구라, 뱃사공 목덕꾼 같은 상스럽고 거센 노동자들이 많이 살고 있는 진남포 어떤 해변 동네에 가서 살게 되었다. 그러니까 날마다 보는 것이 술 먹고 떠들고 싸우는 꼴이요, 듣는 것이 상스러운 소리와 욕일 수밖에 없었다.

그래서 내 아버지는 그런 모양을 보고 듣고 배울까 염려하여서 밖에 나가서 이웃집 아이들하고 어울려서 놀지를 못하게 하였다. 잠시 나갔다가도 험상궂은 동네 아이들하고 놀다가 싸움을 하고 있고 형세가 불리한 꼴을 보시면,

"너는 아예 밖에 나가 놀질 말아야 해, 아버지한테 꾸중들으면서도……."

이렇게 어머니는 밖에 나간 내 손목을 붙들어 오시는 것이었다.

그래서 나는 남더러 욕하는 말이나 거짓말을 할 줄 몰랐다.

우리 집안에서 욕을 하는 소리를 들어 보지 못하고 밖에 나가서 배우지도 못하니 욕을 모르고 자랐으며 거짓말을 할 줄을 몰랐다. 거짓말을 했다가는 큰 변이 나는 것이었다.

어려서부터 욕과 거짓말을 모르고 자란 것을 동무들하고 어울려서 마구 장난을 하고 그래서 싸움도 하고 다치기도 하면서 씩씩하게 자라지 못한 것을 유감으로 생각도 해 보지마는 결국은 나는 감사하게 생각한다.

나중에 자라서 아버지가 세상을 떠난 다음에 평양에서 공부하던 중학교를 중퇴하고 집에 와서 갑갑하게 지낼 때에, 공부 못하고 놀고 있는 아이들을 사귀게 되자 심심도 하고 권에 못 이겨서 담배 한 갑을 사서 피워 보았으나 골치가 아파서 혼이 나고는 일생 담배를 배워 본 일이 없다.

동경 유학 시대의 일이다. 어떤 여성에게 약혼자가 있는 것을 모르고 교제를 청했다가 거절을 당하고 나서 몹시 불쾌하고 괴로워하는 것을 본 고향 친구가 포도주를 먹으라고 억지로 권하는 바람에 무심히 한 컵을 다 들이켰다가, 그만 골치가 아프고 어지러워서 고생을 해 본 일이 있을 뿐 나는 일평생 술도 배워 보지 못했다.

나는 어려서는 엄한 아버지 때문에, 성년이 되어서는 예수를 믿기 때문에 종내 술과 담배를 배워 보지 못한 것을 고맙게 생각하고 다행으로 여긴다.

어쨌든 나라는 벌거숭이는 무사히 땅 위에 떨어졌던 것이다.

자손이 귀하던 전씨 가문에 세 번째 아들이 생긴 것만 해도 하나의 적지 아니한 경사였을 것이다.

사흘 만에 돌아온 내 아버지는 한 시간에도 몇 번씩 어깨를 으쓱거리며 안방에 드나들었다.

"임자는 어떻게 그렇게 아들을 잘 낳는가."

이것이 아버지의 어머니에게 대한 고작하는 치하의 말이요 기쁨을 금치 못하는 심정이었다.

이때에 내 출생을 축하할 겸 내 인물을 구경하러 온 사람 가운데 색다른 인물은 당시 평양의 명기로 인물 잘나고 가야금 잘 타는 이름난 월화 그 사람이었다. 그는 내 아버지를 아버지라고 부르는 터이었다.

"아이구 잘도 생겼다. 양미간이 번뜻하고 눈이 이글이글하고 콧마루가 죽 뻗치고 이 도령도 어림없다. 과연 어느 귀공자나 일국 태자님의 모습이 완연한데요."

월화의 너무도 지나친 찬사에 놀란 아버지는 문득 얼굴을 붉히고 눈을 흘겼다. 더구나 '일국 태자'란 외람된 말에 당황한 것이다.

인길이라고 불리어진 아기는 잠깐 자라서 돌이 가까웠다.

어느 여름날 고요한 저녁이었다. 아버지는 무슨 일인지 기분이 좀 좋지 못했던 차에 마침 어떤 젊은 사나이가 안대문 안엘 무단히 들어와서 어물어물하면서 웬 사람이냐는 물음에 대답도 시원치 아니하자 화를 내신 아버지는 '고이한 놈'이란 소리를 상당히 높이 지른 모양이었다.

이때에 대청마루에 뉘어져서 마침 잠이 들었던 아기 인길은 고요한 시간에 별안간 나는 큰 소리에 소스라치게 놀랐다. '아그그' 소리를 내면서 흐덕흐덕 흐느껴 울던 아기는 울음 끝에 얼굴이 까맣게 질리면서 까무러치고 말았다. 그리고 졸연히 깨어나지를 않았다.

아버지 어머니를 비롯해서 온 집 안은 큰 변이 나서 벌벌 떨었다.

집 안에 있는 것은 물론이요 이웃 약국에서 구할 수 있는 것으로 사향이나 녹용가루나 다 먹여 보았으나 보람이 없다.

아기의 손을 잡고 잠시 무슨 생각에 잠겼던 아버지는 고요히 집안 사람을 불렀다.

"얼른 월화를 불러 오너라. 얼른 가야금을 가지고 오래라."

이윽고 월화는 가야금을 가지고 조심조심 안으로 들어왔다.

"우리 아기를 살릴 사람은 너밖에 없었다. 우리 아기를 위해서 너 재간껏 한 곡조 타 보아라."

아버지의 간곡한 부탁에 월화는 가만가만 줄을 골라 가지고 잠시 눈을 감고 앉았다가 한 가락 두 가락 타기를 시작했다. 담배 두어 대 먹을 동안이나, 가늘게 높게 끊일락 이을락 멋지게 타고 있었다. 온 손을 모아쥐고 손에 땀이 날 듯이 조마조마 애태우는 온 식구는 월화의 가야금에서 울려나오는 멜로디에 정신을 잃었다.

그때였다. 아기의 얼굴에는 방그레 웃음이 돌기 시작하였다. 차차 온 얼굴에 웃음이 퍼지며 가야금 소리 나는 방향으로 귀를 기울이는 듯하기까지 하였다. 이때에 온 식구의 기쁨은 이루 말할 수 없었다.

나는 이렇게 어려서도 음악을 좋아하고 음악 멜로디에 귀가 밝아서 까무러치게 놀랐던 가슴을 진정하고 정신을 차렸던 모양이다. 어머니 배에서 나서부터 나는 예술의 아들이었던 모양인가 하고 생각이 된다.

아버지가 음악을 이해하고 좋아해서 월화를 부른 것은 물론이요……
월화의 뛰어난 음악 예술 때문에 되살아난 셈이다. 월화의 고조에 달한
예술의 힘이 아니었더면 나는 까무러친 채 숨이 끊어지고 말았을는지 모
른다. 아니 나라는 한 생명을 한 집에 보내서 태어나게 하였던 조물주는
월화라는 한 여성을 통해서, 그 예술을 통해서 잠시 끊어졌던 목숨을 되
살린 것이라고 나는 믿는다.

어쨌든 월화와 월화의 예술은 나의 생명과 적지 아니한 인연을 가지고
있는 것이라고 지금까지도 생각하고 믿는다.

나는 그후에 월화의 모습을 알지 못한다. 그후 우리 집에서 평양을 떠
나고 그후에 청일전쟁이 일어나고 했으니, 월화 할머니의(지금은 할머니
라고 하는 것이 옳을 것이다) 소식과 거처를 알 바 없으나 내게는 은인인
것은 틀림없다.

나는 이제 예술의 귀한 가치와 힘을 생각한다. 음악의 멜로디가 한 아
기를 살렸다. 몹시 놀라서 까무러쳤던 아기를 되살렸다. 한 사람이 한 사
람에게 극도로 노를 발한 순간에 일어나는 격분이 높았을 때 무서운 음향
을 발했다. 그때에 그것을 상대로 울려진 극히 평화스러운 멜로디는 그
무서운 음향을 이기고도 남음이 있었다.

이렇게 말한다면 이야기는 간단하다. 그리고 까무러쳤던 한 아기와 한
사람의 손에서 흘러 나오는 고운 멜로디는 전혀 딴 사실이요 하등의 관련
이 없다. 이렇게 생각할 수도 있을 것이다.

다시 말하면 예술과 인간은 스스로 딴 존재로 있는 것이다. 예술은 예
술대로 있고 인간은 인간대로 있는 것이라고 할 수 있을 것이다. 그것은
마치 한 꽃이 아름다운 것과 어떤 인간이 외로운 것과는 전혀 별개의 일
이다. 그러나 봄동산에 곱게 피어난 꽃이 그 꽃을 보고 즐겨 주는 인간이
없었다면 그 존재의 의미가 없을 것이 아닌가! 그리고 고독한 한 인간에
게 기쁨과 위로를 주는 그때에 꽃은 금방 바람에 떨어져도 한이 없을 것

이 아닌가…….

그 모양으로 음악도 예술도 인간에게 위로와 힘을 주어서 그 존재의 보람을 생각할 수 있고 월화의 가야금도 나라고 하는 아기가 되살아나서 지금 이 글을 쓴다는 데 커다란 보람과 인연이 있을 것이다.

나는 인간을 내놓고 예술은 예술을 위해서 있다는 것을 이해할 수 없다. 나는 톨스토이처럼 예술을──자기 자신이 위대한 예술가이면서 예술가라는 것을 못마땅하게 여기면서──극단의 예술론을 주장하는 것은 아니지만 나는 예술의 가치와 사명을 인간 본위로 생각하고 싶다.

'예술가는 자연과 인생에서 경험한 감정을 남에게 전달하는 자라고 하고, 이 감정 가운데 가장 높은 감정은 그 시대의 양식(良識)을 나타내는 감정 곧 종교적 감정이다…… 예술은 폭력을 극복한다. 그 사명은 사랑의 왕국을 가져온다.'

──고 하는 그의 예술론을 나는 찬성한다.

그는 이리해서 예술의 범주를 국한시킨 것이 아니요 도리어 확대한 것이다. 그는 생각하기를 예술은 우리의 온갖 생활에 따라다니고 붙어 있다. 어린아이의 장난까지가 다 예술적 표현이라고 한다.

마침내 청일전쟁이 터졌다. 속칭 갑오년 난리가 난 것이다. 평양 성내에 일병이 밀려 들어왔다. 평양 시민은 법석으로 피난했다. 내 아버지는 이때에 이미 평양 서면에 약간의 땅을 사고 농사를 지을 경영을 하였다. 농사를 짓는다기보다도 피난을 겸해서 농촌에 가서 개척사업을 계획한 것이다. 일변 궁답을 간감하는 책임을 맡아서 그것을 발판으로 해서 간사지를 개간하는 큰 사업에 손을 댄 것이다.

선비가 어떻게 그런 사업을 시작하게 되었느냐, 소수의 양반들은 놀면서도 부드러운 쌀밥을 먹는데, 왜 다수의 농민들은 농사짓기에 수고를 하면서도 깔깔한 조밥을 먹고 옥수수 따위만 먹고 살게 마련이냐, 일반 백성들도 쌀밥을 먹게 해야겠다. 그러려면 논이 많이 있어야 하겠다──하는 것이요, 다음에는 늙마에 생긴 자식들이 살아가려면 터전을 마련해 주어야겠다 하는 심산이었으리라고 생각이 된다.

우리 집은 평양 서면에 김려대라는 촌으로 이사를 갔다. 벌써 좋은 재목으로 지어진 여러 채 집이 마련되어 있었다. 예산의 부족 때문이었는지 개간사업 때문인지 모르거니와 아직 기와를 얹지 못하고 임시로 초가 영으로 덮은 채 있었지만 안채와 사랑채와 뒤채와 곳간까지 갖추어 지어 놓고 일꾼을 많이 두고 소작인도 많이 두어서 벼농사를 짓고 있고 개간사업도 계속하고 있었다.

우리는 안방과 사랑채를 쓰고 뒤채에는 고모님네가 살고 일꾼네는 따로 딴채에 살고 있었다.

가을이면 나락 낟가리가 여기저기 산더미처럼 쌓여 있고 소와 말과 개와 짐승들도 많았던 것을 희미하게 기억한다.

나는 그때 겨우 두어 돌이 지나서 색동저고리에 가죽신을 신고 다녔다.

아버지가 가끔 평양에 갔다가 집에 돌아오게 되면 벌써 앞잡이가 먼저 달려와서 행차를 알리고 소작 일꾼들은 말할 것도 없고 소작인들까지도 마중을 나간다.

나는 언제나 드높은 사랑방에서 아버지의 무릎 위에 앉아 있거나 바로 오른편에 붙어 앉아 있었다.

"여보게 다시 그런 소리 할 텐가 응."

아버지는 늙은 소작인 한 사람을 보고 여지없이 책망을 하고 있는데 나는 웬 영문인지를 몰랐다.

나중에 어머니에게 들어 알고 보니까 뜰 아래서 두 손을 읍하고 아버지한테 인사를 하면서 아버지를 부르는 말이 '나랏님 나랏님' 한다는 것이다. 그것은 실상은 예전에 벼슬하는 사람들을 보고 '나리 나리' '나릿님' 하는 것을 촌사람들이라 잘못해서 나랏님이라고 부른 것인데, 아버지는 다시는 그런 말을 입밖에 내지 말라고 타일렀건만 또 여전히 그런 큰일날 소리를 하기 때문에 단단히 책망을 하였다는 것이다.

그것은 내가 갓 낳았을 때에 기생 월화가 '태자님 관상'이라고 한 것을 꺼린 것이나 마찬가지 케이스이었다. 만일 그런 말이 관원의 귀에 들어가고 조정에 알려지면 역적으로 몰려서 일족이 멸하게 되는 큰 변을 당하기 때문이었다. 일꾼들이나 소작인이 아버지를 이렇게 높이고 극진히 대접을 하게 된 것은 노상 까닭이 없지 아니했다.

소작인들이나 일꾼들에게는 무턱대고 너그러운 대우를 했다는 것이다. 무상으로 소를 사 주고 소작료도 아주 후하게 해서 그네들을 놀라게 하였다. 소작인이나 일꾼네가 해산을 했다면 반드시 쌀과 미역을 사 보내고, 병이 났다면 의원을 보내서 진맥을 하게 하고 약을 지어 보내며 오래 앓거나 중병인 경우에는 아버지가 친히 찾아보고 위문을 하곤 하였다는 것이다.

그리고 아버지는 소작인 새에 무슨 분쟁이 생겨서 다투는 때에는 판가름을 해 주고, 흔히는 화해를 붙여 주었기 때문에 한낱 지주나 상전이 아니라 한 관장이요, 그들의 사정을 알아 주는 조상 할아버지였다.

철없는 나는 일꾼이나 소작인들이 젊은이 늙은이 할것없이 두 손을 모아 허리를 굽히면서 아버지한테 절을 하는 것이 재미가 있었던 모양이었다. 아버지에게 인사하는 것을 자기한테 절을 하는 줄 알았던지 옆에서 고개를 까닥까닥하고 있었다. 그리고 소작인이 무슨 사정을 길다랗게 이야기하고 있으면 영문도 모르고 또 고개를 까딱거리고 있었다. 아버지의 이르는 말이 끝나고 다시 절을 하고 갈 적에 아버지가 잘 가게 하면,

"잘 가게."

저도 아버지가 하는 대로 작은 목소리로 소리 지른다.

"네, 도련님 평안히 계십쇼."

소작인은 웃으면서 가는 것이다. 그러면 아버지는 나를 보고 웃으면서 너는 그러면 못쓰니라고 타이르셨다고 한다.

아버지는 까치다리를 하고 편지를 쓰고 있으면 나는 종이에다 무엇인지도 모르는 것을 자꾸 쓰고 그리고 있는 것이다. 인길이란 제 이름을 배워

서 몇 번이고 되풀이하며 쓰고 있는 것이다.

붓장난하는 데 싫증이 나면 나는 슬그머니 안으로 들어간다.

어머니는 붓으로 써서 책을 맨 고담책을 들고 홍얼홍얼 읽고 있다. 지금 알고 보니 그것은 《춘향전》이나 《구운몽》 같은 소설책이었으리라고 생각된다.

나는 어머니 옆에서 가만히 듣고 있다가 어머니가 감격해서 소리가 없다가 잠깐 흐느껴 울기를 시작하면 어머니 팔을 붙잡고,

"어머니 왜 울어 응, 이야기해 줘 응."

어머니가 시끄럽다는 듯이 내 손을 치우고 그냥 읽고 있다가 이윽고 책을 놓고,

"참 참하다."

눈물을 씻으면서 나를 안아 준다.

나는 자라서 국문을 배워서 어머니가 읽던 책을 다 읽었다. 나도 눈물을 흘렸다.

어떤 때는 어머니는 별장 안에서 거문고를 내놓고 둥둥 타 보기도 한다.

그러면 나는 기어이 빼앗아서 자기도 뚱뚱 타 본다. 어머니는 '아서라' 하면서 달래서 한 곡조를 타 본다. 그러면 나는 그 곡조에 맞추어서 덩실 두 팔을 벌리고 춤을 춘다. 어머니는 고개를 도리도리하고 거문고를 장 안에 집어넣어 버린다. 이렇게 나는 호화롭게 자랐던 것이다.

아정에는 개와를 넣어서 부연을 달아서 들썩하게 지은 그야말로 고래 같은 기와집, 그 촌에서 사방 몇 십 리를 두고 하나밖에 없는 이름난 우리 집의 호화로운 살림은 오래 가지 못했다.

과연 서울 현씨(玄氏)의 모략으로 아버지는 정말 역도로 몰려서 그 많은 전답을 몽땅 빼앗기고 겨우 집만을 헐값으로 팔아 가지고 평양 성내로 다시 들어왔다.

이때부터 우리 집에는 가난과 불행이 닥쳐오기를 시작하고 어린 나에게

도 우울한 그림자 밑에 감도는 쓸쓸한 바람의 영향이 미치게 되었다.

아버지는 평양에서 글 잘 하고 재산이 있어서 살기에는 걱정이 없이 지내는 원(元)이란 친구로 별호를 춘원(春園)이라고 부르는 풍류객이 있어서 날마나 찾아와서 한시를 짓고 바둑을 두기로 세월을 보냈다.

아버지는 호를 관벽(觀碧)이라고 부르며 서로 뜻이 통하고 취미가 같아 시와 바둑으로 두 분은 날마다 정답고 흥취있게 지냈다. 그러나 집에서는 그렇지 못했다. 어머니는 가슴앓이로 밤낮 자리에 누워서 끙끙 신음을 하고 가끔 양식 걱정을 하게 되었다.

한번은 약간의 돈을 맡겨서 근처의 비단과 포목 장사를 하는 집에서 용돈을 찾아 가지고 오던 나는 동네 장난꾼 아이들의 습격을 받아서 그릇에 담았던 엽전의 대부분을 잃어버리고 집에 들어와서 몹시 울던 생각은 지금도 잊혀지지 않는다.

가만히 생각하니, 나는 아버지의 엄격하고도 인자(仁慈)를 겸전한 유교적인 도덕과 게다가 문학적인 소질과 풍류를 좋아하는 전통과 다시 한편으로 어머니 편의 미를 좋아하고 예술—— 풍(風)을 사랑하는 전통을 이어받은 것이 분명하다.

# 눈 내리는 오후

그는 마침 아내가 밖에 나가고 없는 틈을 타서 나간다는 정분이를 불렀다. 몇 번 불러도 대답이 없다. 그는 종내 정분이가 있는 건넌방으로 갔다.

"정분아, 이제 네가 나가면 어델 나간단 말이냐. 그러지 말고 내 말대로만 해라. 그러지 말고 참고 있어라. 아짐마가 몸도 약하고 사람없이는 안 될 텐데……."

"……."

간곡히 타이르는 그의 말을 들은 체 만 체 대답이 없이 볼이 잔뜩 부은 그대로 금방이라도 나갈 자세를 취하고 외면을 하고 있는 정분이 꼴이 얄밉기도 하다.

'에익 이년' 하고 일어서고 말까 싶은 생각도 들었으나 아무리 생각해 보아도 어린 정분이가 불쌍해서 못 견디겠다. 어린것이 불쌍한 생각과 자기의 정신이 통쾌해지지 않는 안타깝증이 어울려서 그는 홱 달려들어 정분이를 껴안았다.

"정분아, 정분아……."

"……."

이렇게 정답게 불러 보았으나 정분이 자신은 붉게 상혈된 눈만 두꺼비 모양 껌벅거리고 있고 아무 감각이 없는 것 같다. 그래도 그는 단념할 수가 없다.

"정분아 네가 아무리 어리기로서니 내 마음을 모른단 말이냐, 응 정분아."

그는 울음까지 섞인 목소리로 정분이 어깨를 흔들었다.

"……."

"응, 얘 정분아……."

그는 다시 한 번 정분이 어깨를 흔들었다.

"아저씨 맘은 저두 잘 알아요. 그래두 저는 나가겠어요. 나가라는 걸 나가지 어떻게 있어요?"

정분이의 목소리도 약간 흐려지고 떨렸다. 그래도 마음이 움직여지는 것 같지는 않았다.

"이애가 글쎄 나가라긴 뭐 아짐마가 널 미워서 그랬겠니, 네가 하두 말썽을 부리니까 화가 나서 그랬지. 내가 있으라면 그만 아니냐. 내가 이 집의 주인이 아니냐, 내가 월급을 주지 않니. 내 주머니에서 나온 돈으로 주는 게 아니냐? 너도 그만한 건 알겠구나!"

그는 이런 말까지 해 본다.

"그래두 아저씨는 늘 나가 계시구 집엔 얼마 계셔요? 집에서 일 시키는 아줌마가 나를 보기 싫다구 나가라는 걸 어떻게 있어요. 저두 인제 이 집에 있기 싫어요. 씨씨해요."

아내가 하던 말까지 덧붙이는 정분이의 말은 냉정하였다. 아내가 있었더면 또 한 번 야단이 날 판이다.

"음!"

그는 자기가 지금까지 믿었던 자기의 인격이라는 것이나 자비심에 가까운 사랑이란 것도 몇 푼어치 안 되는 걸 처음으로 뼈저리게 느끼고 얼굴이 달아오는 걸 느끼며 화가 날 지경이다. 종내 벌떡 일어났다.

"그래두 넌 못 나간다. 네 맘대로 못 나간다. 너의 어머니가 와서 널 어쨌느냐고 내놓으라면 어쩌니? 내가 그렇게 말리는 말두 안 듣고 나가겠단 말이지, 안 된다."

정분이를 정면으로 바라보고 내쏘았다.

"내 맘대로 하지 누구에게 맸나요?"

밖에서 대문 열라는 종소리가 나는데 정분이는 대문을 열기 위하여 일어서려고도 하지 않고 돌아앉아서 속으로 옹알거리며 제 보따리만 만지작거리고 있다.

그는 얼른 나가서 문을 열어 주었다.

"가겟집에 접때부터 부탁했더니 음식두 잘 하고 얌전한 아이 하나 있다구 내일 모레쯤 데려다 준대요. 에잇 속이 시원해……."

아내는 아무 일도 없이 다 되었다는 듯이 싱긋이 웃으면서 방으로 들어온다.

"글쎄……."

아내와 더 말해야 소용이 없는 줄 안 그는 모자를 쓰고 나가 버렸다. 대학 강의시간이 있어서 더 머무를 수도 없었던 것이다. 그래도 그는 아직 완전히 응낙을 하지 아니했다는 속셈으로 '글쎄'를 던져 놓고 나오기를 잊지 아니했다.

아내는 정분이의 존재를 잊어버린 듯이 썩썩 방걸레를 치고 있다. 건넌방에서는 아무 소식이 없다. 남편이 나간 뒤를 걷어치운 다음에 아내 경희는 조간신문을 들어서 〈여인천하〉를 들여다보고 있다. 쥐 이야기를 읽는 그녀는 "과연 옛날 이야기로군." 하면서 그리 흥미를 느끼지 않는 성싶었으나 내리읽고 있었다.

"홍 아저씨두 암만 그래두 아줌마 편이지 무얼 그래."

정분이는 단발머리에 흰 '에리' 달린 여학생 교복에 백 환짜리 브로치를 붙이고(그것은 지난 가을에 아기를 업고 경희를 따라 미도파에 갔을 때에 산 것이다) 살짝 현관문을 열고 나가면서 중얼거린다.

"날 보기 싫다는데 눈에 뵐 거 없지 기까짓 거——"

정분이는 주인 아줌마에게 간다는 인사도 안하고 보따리를 끼고 대문을 나서서 뺑소니를 쳐 버렸다.

정분이로서는 당연한 생각이다. 사실 요새 경희의 입에서는 정분이에게 대해서 보기 싫다는 말이 가끔 나왔다. 경희가 정분이를 보기 싫다는 것은 그 행동이나 태도가 보기 싫다는 것이지 사람 자체가 보기 싫다는 건 아니었다. 정분이가 불쌍하다는 것은 경희도 늘 생각하고 마음에 먹고 있는 일이다. 불쌍하다고만 생각하는 것이 아니라 어떻게 잘 키워서 사람을 만들어 가지고 시집까지 보내 주려고 하는 생각은 내외가 마찬가지였다.

'어린것이 철이 없어 그렇지.'

그가 정분이에게 대해서 생각나는 것이나 아내가 생각하는 것은 '아직 철이 없는 것이 그렇지' 하는 것이었다. 정분이가 말을 안 듣고 말썽을 부릴 때마다 두 사람은 그렇게 말하고 언제나 눌러 오고 참아 오곤 하였던 것이다. 그러나 요새에 들어서 아내는,

"안 됩니다. 벌써 바탕이 글렀는걸."

정분이는 희망이 없다는 것을 단정적으로 역설하는 것이다.

어제저녁에도 정분이 말이 나와서 아내는 가장 냉정하게 '바탕이 글렀는걸'을 되풀이하며 역설하였다. 그럴 적마다 그는 반대의 의견을 말하는 것이다.

"바탕은 무슨 바탕, 어디 바탕이 따루 있소? 그야 물론 소질 관계두 좀 있긴 하지만 당신은 밤낮 바탕 바탕 하니 소질이 좀 좋지 못한 놈은 절대루 희망이 없단 말이오? 그런 게 아니야."

그는 바탕이 좋지 못한 아이라도 잘 가르치면 된다는 주장을 늘 해 왔

다. 그럴 적마다 아내는 반대다.

"흥, 당신이 해 보시구려. 왜 못하는 거요. 교육가요 종교가요 성자로
자처하는 분이 왜 못하셨소?"

아내는 무심히 하는 말이지만 그에게는 날카로운 칼을 가지고 가슴을
우벼 내는 것같이 아픈 일이었다.

대문을 나선 그는 시간이 바쁘건만 발걸음이 내쳐지지 않았다.

'그 놈이 정말 내 말을 안 듣고 나갈까? 나갔을는지도 모른다. 나갔을
거다.'

정분에게 대한 조바심이 첫째요, 다음에는 그날 아침에 아내가 던진 그
말이 켕겨서였다.

"교육가요 종교가요 성자로 자처하는 분이 왜 못하시오?"
하는 아내의 말에,

"내가 언제 성자로 자처했던 말이오? 당신은 절대로 그런 말을 마오.
그저 크리스천으로, 또 세상에서 종교가로 지목받는 우리가 최선을 다해
보자는 거지!"
하고 아내의 말을 막아 놓았지만 그것이 마음에 몹시 걸린다.

목구멍에 반찬 가시가 걸린 이상으로 마음에 걸린다.

'내가 언제 성자로 자처했단 말인가.'

그는 버스길로 나가면서 곰곰 생각을 해 보는 것이다.

옛날에 어떤 교회 경영의 여학교 선생 일을 볼 때 일이다. 어떤 말이
적고 생각을 많이 하는 모범생인 학생으로 그리고 자기를 잘 이해하는 학
생 한 사람이 조용히,

"선생님은 요새 보통 사람은 아니야요. 저희들 눈에는 성자로 보이어
요."
하더란 말을 한 일이 있기는 하다. 그리고 또 한 번은 그 학생이,

"선생님이 언젠가 아침에 학교에 올라오셔서 밤 동안에 기숙사에 있는

학생들이 별일이나 없는가 하고 염려가 되더란 말씀을 하셨지요. 그때에 어떤 아이는 입을 비쭉거리고 웃고 어떤 아이는 선생님 참말이에요? 하고 의아스러운 질문을 던졌지만 저희 몇 사람은 선생님이 사실 그러시리라고 믿었어요."

하더란 말을 아내에게 솔직하게 한 일이 있긴 하다. 그리고 아내를 믿고 간격이 없이 생각하기 때문에 요새 교육가는 물론이요 종교가란 사람들도 구십구 퍼센트는 가짜라고 한 말이 있었다. 그때에 아내가 웃으면서 하는 말이,

"그 구십구 퍼센트가 가짜 내놓고 일 퍼센트가 진짜인 당신이시란 말이지요."

한 일이 있었다. 그러나 성자로 자처한 일은 없다.

'성자?' '성자?' 내게 어느 정도 성자다운 사랑이 있다면 어째서 정분이가 내가 있는 집을 버리고 나가려고 할까? 이러니저러니 해야 내 사랑이 부족한 탓이다. 내 사랑의 힘이 부족한 까닭이다. 나는 사랑하는 체한다. 사랑하느라고 흉내를 내 왔었다.

언젠가 그것도 그 여학교 일을 볼 때다. 밤 늦게 집에 돌아오다가 전차를 기다리고 있는데 어디서 사람의 신음소리가 들린 것을 살펴보았더니 길 한모퉁이에 기다란 석재가 쌓여 있고, 그 위에 시커먼 그림자가 있는데서 소리가 나는 것이다. 쫓아가서 들여다본즉 어떤 계집애가 옹크리고 누워서,

"배 아파, 아이구 배 아파……."

하고 울고 있는 것이다.

"너의 집이 어디냐?"

아무리 물어도 대답이 없고 그저,

"아이구 배 아파……."

만 연발한다. 하도 물었더니 계집애는 고개만 흔든다. 그는 다짜고짜로 계집애를 업고 마침 떠나려는 전차를 탔다. 전차에서 내려서도 집에까지

들어가는 거리는 상당히 멀었다. 그래도 무거운 줄도 모르고 집에까지 들어가서 계집애를 마루 위에 내려놓았다. 집에서는 깜짝 놀라는 모양이었다. 무슨 송장이나 메고 들어오는 줄 아는 모양이었다. 그는 계집애를 데리고 온 사정이야기를 하고 물을 끓이라고 해 가지고 옷을 벗긴 다음에 온몸을 씻어 주고 다른 옷을 갈아입혔다. 그래도 벌떡 떨고,

"아이구 배 아파!"

를 연발하는 것을 소화제 약을 먹여서 아랫목에 재웠다. '배 아파' 소리가 밤새도록 계속되는 것을 들으면서 하룻밤을 지내고 아무리 약을 써 주어도 낫지 않기 때문에 S병원에 입원을 시켰더니 계집애가 일주일 만에 죽었다는 전화를 받았다. 한동안은 이런 일이 있었기 때문에 아내는 그대로 성자라고도 하고 성자로 자처한다고도 하는 것인지도 모른다.

내 사랑이 도대체 몇 푼어치나 되는 것인가 이번에 시험할 때가 왔다. 그놈이 과연 나갈 것인가 안 나갈 것인가 내 사랑의 힘이 몇 푼어치나 되나 그놈을 붙들어 놓을 만한 힘이 내게 없는가, 오오! 위선자며 성자에는 발뒤꿈치두 못 따를 내가…… 오 오! 위선자! 그는 깊은 한숨을 쉬었다.

전차에 오른 그는 거기에 같이 탄 승객들이 자기를 이상스럽게 빈정대는 눈초리로 노려보는 것 같다. 아까 정분이가 나를 이상스럽게 물끄레 바라보던 것도 나를 비웃고 빈정대는 것이 아니었던가.

"무얼 그래? 당신이 날 정말 생각해서 그러는 거요. 가장 사람을 애끼는 것처럼 그러면서도 속으로는 무슨 딴 생각이 있어서 그러지 아줌마보다 나을 게 있을라구."

정분이란 년은 제법 내 속을 저울질해 보는 것이 아니었던가 하는 생각이 들었다.

그는 차에서 막 내리자 곤색 교복을 입은 여학생이 빨리 달아나는 것을 보았다. 행여나 정분이가 아닌가 하고 몇 걸음 따라가 보았으나 그것은 그가 잘 아는 어떤 여학교 교표를 붙인 진짜 여학생이지 정분이는 아니

었다.

그는 그날 대학에서 강의를 할 때나 친구들과 차를 마실 때나 그 마음과 생각이 정분이로 인하여 점령을 당해서 어쩔 수가 없었다.


그는 종로로 나와서 K관이라는, 밤에는 술을 팔고 낮에는 곰탕 전문을 하는 집에서 점심 요기를 하는 참이었다. 상 심부름을 하는 계집애가 있는데 얼굴에 살이 많고 광대뼈가 좀 두드러졌지만 눈매와 입 모양에 꽤 귀염성이 있는 것이 정분이와 모습이 비슷하였다. 모습도 비슷하거니와 몸 가지는 태도와 머리며 옷매무시가 단정한 데가 없고 모두 흐트러진 꼴이 꼭 정분이 같았다. 정분이가 시골서 갓 올 때처럼 아직 시골티가 벗겨지지 아니했다.

"너 어디서 왔니? 고향이 어디냐 말이다."

"강경서 왔슈——"

마침 고향도 비슷하고 싱글싱글 웃는 것도 정분이와 어지간히 비슷하다. 꽤 귀염성스러우면서도 행동에 빠진 데가 있고 주책이 없어 보였다.

정분이가 그네 집에 온 것은 삼 년 전 정월 어느 날 눈이 펄펄 내리는 날 오후였다. 웃옷도 못 입고 옹크리고 왔다.

그때 나이는 열세 살이라 했다. 머리도 제 손으로 빗을 줄 몰랐다. 치마는 흔히 폭이 찢어진 것을 질질 끌고 다녔다. 코도 좀 흘렸다. 그러면서도 늘 싱글싱글 웃고 언제나 무슨 노래를 부르고 다녔다. 부엌에서 설거지를 하든지 빨래를 하든지 언제나 입을 닫치고 있지 않고 중얼거리고 있었다. 어떤 때는 찬송가도 곧잘 불렀다. 그러나 흔히는 유행가를 불렀다. 목 메인 이별가도 불렀다.

"너 여기 오기 전엔 어디 있었니?"

"……."

그의 아내가 짐작을 하면서도 물어 보면 흔히는 대답이 없었다. 말을 아니하는 것은 주인 아저씨가 있기 때문이었던지 아무도 없고 아내와 단

둘이만 있을 때는 더구나 신바람이 나서 묻지도 않는 말도 이야기를 곧잘
한다는 것이었다.

"그때는 밥두 안했어유."

"그럼 무얼 했니."

"애 봤지 머."

정분이 말 본때가 버릇이 없다는 것이 그의 아내의 첫째 성화거리고 핀
잔거리였다.

"철없는 게 그러면 어때?"

그러면 아내는 웃으면서,

"당신은 무조건 정분이 역성이구려."

"역성이 무슨 역성이어, 깃까짓 놈 말씨가 아무려면 어떠냐 말이지."

"철이 없다니 생각을 해 보시구려. 아무려면 글쎄 우리 애미란 년두
네 살부터 꼭꼭 말을 제대루 하지 않었수. 그런데 열세 살이나 됐다는 게
어른 앞에서 말버릇이 그게 뭐겠소."

(애미는 그들의 외손녀 이름이었다.)

"배운 데가 없단 말이지."

"아무리 밴 데가 없으면 그럴라구."

그의 아내는 쓴웃음을 웃는 것이다.

"서양 사람들은 누구에게나 you면 그만이 아니오, 민주주의 시대에
차별할 게 무어요."

그는 한 마디 덧붙이고 웃어넘겼다. 그러나, 이런 것보다도 제일 곤란
한 문제는 자다가 자리에 오줌 싸고 가끔 바지에 오줌 싸는 것이다.

"아이구 지린내."

아내와 식구들이 콧살을 찡그리고 얼굴을 돌리면 그는 그러는 식구들에
게 눈을 흘겼다. 그리고,

"그게 다 제 집에서 어붓애배 밑에서 구박 받은 결과로 그런 것이야,
얼마나 불쌍해! 저는 얼마나 답답할 거야."

하고 정분이 듣지 않는 데서 가만히 정분이 역성을 들었다.

정분이는 신바람이 나면 예전에 다른 집에 있을 때에 지내던 이야기를, 시키지도 않는 것을 절절 잘 지껄이는 것이다.

주인 마누라가 밤낮 어린아이를 내버려두고(제게 맡겨 두고) 나가다닌다는 이야기며, 그러면 저는 애를 업고 동네로 돌아다니는데, 그 동네에는 미군이 가끔 드나드는 집이 있고 그리고 집마다 색시들이 많이 있어서 밤이면 젊은 남자 손님들이 많이 몰려와서 술을 먹고 춤을 추고 떠들고 놀다가 나중엔 하나씩 하나씩 맡아 가지고 자고 간다는 이야기며, 그 색시들은 짜장면이고 냉면이고 빵이고 찹쌀떡이고 무어나 마음대로 군것질을 잘 하고, 그리고 옷도 늘 예쁜 것을 입는다는 이야기며, 아침에는 늦도록 자고, 자고 나서는 화장을 오래오래 하고 나서야 밥을 먹고 낮에는 구경을 가고 노래들도 하는데 저도 그 색시들 하는 노래를 좀 배웠다는 이야기를 신이 나서 지껄이는 것이 종로 3가 뒷골목이나 양동에 있는 그 색시들이 부러웠던 게 분명하다는 것이다.

"나두 나이만 좀더 먹으면 그 색시들처럼 거기 가서 살려고 했지."

정분이는 이런 이야기까지 하더라는 것이다.

"큰일날 뻔했군."

그는 아내의 말을 듣고 소리쳤다.


"이애야 나 더운 국 좀 갖다 주렴."

그는 일하는 계집애를 불러 가지고 나이를 묻고 이름을 물었다. 나이는 정분이와 꼭같은 열다섯 살, 이름은 정자라고 했다.

'이놈도 이런 데 있다가 앞길은 뻔한데 어쩌면 좋을까?'

그는 걱정이 되었다. 이 다음에 좀 일찌감치 와서 조용한 틈을 타서 이야기를 해 가지고 아무런 수단을 쓰든지 정자를 꾀어 내리라. 나쁜 데 빠져서 물이 들기 전에 손을 쓰는 것이다. 물이 든 다음에 구해 낸다는 것보다 훨씬 낫다고 생각되었기 때문이다.

"또 오세요, 아저씨."

정자는 덮어놓고 아저씨라고 부르고 버릇삼아 인사를 하는 것이지마는 그의 속셈은 그렇지 않은 것이어서,

"오냐 또 올게, 잘 있어."

다시 올 것을 약속하다시피 하고 대문을 나섰다. 그리고 정분의 앞날을 생각하니 예전에 '배 아파 배 아파' 하다가 죽은 소녀처럼 될까 걱정이 되었다.


그는 그날 오후에도 어떤 친구의 부탁도 있었고 자기 일도 있어서 어떤 출판사와 신문사, 시청에까지 다녀오고 누구하고 다방에서 만나서 이야기가 늦어졌기 때문에 저녁에 시간이 열시나 가까워서 집에 돌아왔다.

"정분이 어떻게 됐소, 나갔소?"

으레 웃으면서 나와서는 대문을 열어 주던 정분이가 나오지 않고 아내만이 나오고 집 안에서도 보이지 않기 때문에, 이놈이 기어이 나갔구나 하면서도 행여나 하고 한마디 물어 본 것이다.

"정분이하구는 꽤 정분이 두터우신 모양이구려. 들어오시자마자 정분이 문안부텀 하시는 품이……."

아내는 낯색이 좋지 않다.

"춘풍추우 삼 년 동안 비가 오나 눈이 오나 한식구로 살아온 정이 어째 없겠소. 그놈이 종내 갔구면, 할수없지. 그런데 당신 어디가 불편하오?"

그는 이렇게 말끝을 흐려 버리고 아내의 문안을 했다.

"괜찮아요."

그리고는 아내는 말을 이어서,

"종내는 무슨 종내야. 오늘 아침에 당신 나갈 때 나간다고 안 그럽데까. 당신 나간 뒤로 금방 나간다는 말두 없이 도망꾼년처럼 나갔는데, 하마터면 도둑이 들어와서 다 집어 가두 모를 뻔했는걸. 그런 소갈머리 없는 계집애가 어디 있담. 그래두 제게 무던히 하느라고 해 주었고, 당신은

당신대루 그만큼 생각해 주었는데 어쩌면 그렇단 말이오. 그걸 사람이라구 당신은 생각을 하구 그러는 거요?"

경희는 어지간히 분이 난 모양이었다.

"나가는 걸 몰랐소, 무에 없어지지나 않았읍디까?"

"없어지기야 무에 없어져, 저 입으라구 주었던 거나 다 싸 가지고 나갔지."

"당신은 어디 나갔었소?"

"나가긴 어딜 나가, 속이 불편해서 좀 누웠다가 잠깐 잠이 들었던 모양이야."

"그러니깐 당신이 잠이 들었으니깐 간단 말두 못하구 간 게 아니오?"

자기도 미상불 괘씸하게 여겼지만 또 정분이 편을 들어 준 셈이다.

"내가 잠이 들었다고 가노란 말을 못하고 갔다니 그런 말을 말이라구 하시우. 이러구저러구 날더러 말하기도 귀찮으니까 잘됐다 하구 살짝 나가 버렸지. 나간 다음에야 무에 들어와서 집 안의 물건을 집어 가거나 말거나 그것두 알 바 아니지."

"몸이 불편한데 저녁밥 준비를 하느라구 수고했소."

그는 할 말이 없다는 듯이 마침 저녁상을 받고 인사를 하였다.

"그런데 오늘은 왜 그렇게 늦으셨소?"

식사가 끝나기를 기다려서 아내는 오래간만에 밖에서 지난 일을 따져서 묻는 것이다. 그뿐이 아니었다. 아내는 거기에다 한마디 독한 화살을 쏘아붙인다.

"당신이 나를 정분이만큼이나 생각하시는 게요?"

경희는 그를 한 번 바라보고 금방 얼굴을 돌리는 것이다. 얼굴을 돌리고 하는 말이,

"당신은 나가서 그렇게 뉘게나 남자나 여자를 가리지 않고 썩 친절하게 하고 집 안에서는 일하는 계집애한테까지 그렇게 야단스럽게 생각을 하느라고 그러지만…… 이런 소리를 하면 말만 해두 더럽게시리 내가 질

투나 하는 것 같지만, 당신이 내게는 너무두 무심하지 않아요?"

아내는 오래간만에 정면으로 불평을 터쳐 놓는 것이다. 그렇지 않아도 좀 미안스러운 데가 있었는데, 오늘은 그의 아픈 데를 건드려 주는 것이라고 생각했다.

그는 아내의 말에 너무도 어처구니가 없어서 잠시 말문이 막혀 우두커니 앉아 있을 수밖에 없었다.

"글쎄 그거야 당신두 잘 알지 않소. 그건 크리스천인 우리 가정의 한 이상으로 당신이나 내나 이 냉정한 세상에서 할 수 있는 데까지 진정과 애정으로 한 모퉁이라두 참과 사랑의 향기를 피워 보자는 것이 아니오. 당신이 지금까지 내가 걸어온 길을 잘 알지 않소. 정분이만 해두 불쌍한 것을 내 자식처럼 길러서 좋은 데 시집까지 보내 주기로 약속을 하지 않았소. 그러니까 불쌍한 애가, 더구나 그애는 우리 집에서 나가는 날에는 아무래두 잘못될 가능성이 많으니까 기어이 붙잡으려고 하는 게 아니오. 우리가 붙잡아 돌봐 주지 않으면 누가 그런 애를 돌보겠소. 그래두 나가지 말라구 달래고 볼 일이지, 그리구 당신이야 집안 사람이니깐 믿구 지내는 거지 뭐요. 내가 잘못한 게 있으면 용서하시오."

그는 이렇게 사정삼아 이야기를 하고 약속을 해 놓고 어째서 나가라구 했느냐고 하는 말이 목구멍까지 나오려고 하는 것을 꾹 참고 아내에게 대한 말을 사과삼아 했다. 그렇지만 아내는 그것을 알아채기나 했는지 그 말을 그편에서 꺼낸다.

"글쎄 오죽하면 나가라구 했겠소. 제편에서 척하면 나간다고 하니 나갈 테면 나가라지, 그럼 저는 아무렇게 하든지 나가지 말아 달라구 애걸복걸 빌어야 옳단 말이오?"

아내는 한번 한숨을 쉬고 나서,

"요새 와서는 내가 무얼 하라면 영 죽여라 하구 안하구 꼭 제 고집대루만 하는구면, 제 고집대루 한다기보다 숫제 안하는걸. 뭘 하라구 이르면 어느 틈에 슬쩍 들어가 버리는걸. 들어가서 담요를 뒤집어쓰고 자빠져 있구먼요."

아내는 어젯밤 하던 이야기를 되풀이하다가 마지막에는 놀라운 말을 덧붙이는 것이다.

"얘 정분아 나와라 뭘 하는데 들어가 누웠니? 하면서 내가 빌다시피 하면, 그년이 하는 말이 기가 막히지. 내가 머 당신네 종이요, 나두 자유가 있어요. 하기 싫어요, 안할 테야요, 하면서 광주리 같은 대가리를 들고 나를 노려보는구먼, 그러는 데는 입이 딱 벌어지구 다물어지질 않던걸."

아내는 말을 이어서,

"그리구 그년이 인젠 벌써 딴 생각을 했어요. 이제 새해가 되면 열여섯이 아니오. 벌써 앞가슴이 떡 벌어진 게 기애가 인제 어린애가 아니랍니다. 기애는 어쨌든 보통애가 아니라는 것을 아셔야 합니다. 언젠가 무슨 책에선가 보시구 '말을 강에까지 끌구 갈 수는 있어두 물을 먹일 수는 없다.'는 말을 당신 입으로 하시지 않았소? 안 됩니다 안 돼요."

아내는 밥상을 치우면서 자신있는 듯이 말한다.

며칠 뒤였다. 경희는 신문을 보다가 깜짝 놀랐다. '사람 찾음(尋人)'이란 광고란에 정분의 모습을 말하고 찾아 주는 이에겐 사례를 한다는 광고가 있는데, 광고주는 바로 자기 남편인 것이다.

그리고 같은 날 라디오 공지 사항에도 같은 광고가 나온다.

"당신은 그렇게도 정분이를 단념하지 못하시오?"

저녁에 들어온 그에게 물은즉 그는 고개를 끄떡일 뿐이었다.

그런지 꼭 일 년 뒤 처음과 꼭 매한가지로 눈이 펄펄 내리는 어느 날 오후에 그가 마침 친구와 같이 집에 들어와 보니 집 안이 왁자지껄하고 떠든다. 정분이가 돌아왔다는 것이다.

그도 그 아내도 매우 반가워서 등을 쓰다듬어 주면서 그 여윈 얼굴에 광대뼈가 유난히 드러난 것을 들여다보고 어서 밥먹기를 권했다. 정분이도 제 집에나 돌아온 듯이 뿌연 오바를 벗어 걸었다.

다음날에도 정분이는 제 집처럼 방소제도 하고 빨래도 하였다. 그러나 그 동안에는 저와 나이가 비슷한 처녀가 온 지가 벌써 오랜 듯이 익숙하게 일을 잘 하고 있는 것을 보고 어색해하는 눈치였다.

그는 정분이가 어색해하는 눈치를 채고 조용히 불러서 말했다.

"저애는 이제 몇 날 더 있다가 집으로 간다고 하니깐 너 염려 말구 마음 놓구 있거라."

"아니야요 저두 가요, 우리 아버지는 죽었어요."

"집에 가 보아서 집에 있을 형편이 못 되면 다시 오너라. 언제든지 오면 너는 전과 같이 우리 식구로 같이 지낼 터이니 아무 염려 말고 오너라. 오는 차비까지 줄 테니 응."

아내는 이렇게 타일렀다. 이 말을 들은 정분이는 한참 눈을 깜박거리고 섰더니,

"네, 가 보아서 오겠어요 아줌마."

이튿날 아내는 서울역에 손수 나가서 새옷을 한 벌 사 입혀 가지고 오후 차로 조치원 가는 차를 태워 보냈다.

일 주일 만에 과연 정분이는 돌아왔다.

"아무 데를 돌아다녀도 세상에 아줌마네 집 같은 덴 없어요. 여기 있으면 맘이 편안해요."

그럭저럭 반 년이 지난 어느 날 늦은 밤에 경희와 같이 앉아서 라디오로 HLKY 방송을 듣다가 하는 말이다. 정분이는 방송을 듣고 경희에게 배워서 찬송가를 잘 하게 되었다. 그래서 그는 이런 말도 했다.

"아줌마, 저는 그전엔 찬송가 소리가 듣기 싫고 유행가만 불렀는데 인제는 유행가가 듣기 싫고 찬송가를 부르면 웬일인지 기쁘고 마음이 편안해요. 그전엔 유행가를 부르면서 웬일인지 눈물이 났어요."

# 크리스마스 전야의 풍경

　찬바람 몰아치는 겨울날 오후였다. 몇 날 전에 제대하고 일선에서 돌아온 백인수(대위)는 앞으로 무엇을 하며 어떻게 살아갈 것인지 이날도 조용히 집에 들어앉아서 생각을 하고 있었다. 생각이 여러 갈래로 **뺑뺑** 돌기만 하고 갈피를 잡을 수가 없어서 인수는 군복바지를 입은 채 전에 입던 퇴색한 외투를 입고 밖으로 나섰다.

　"어디로 간담?"

　사실 그는 갈 데가 없다. 굴레 벗은 말처럼 걸음걸이조차 허전허전하였다. 군대에서는 군목이던 인수는 다른 군인하고도 가까이 사귀어지지 않았고 성질이 솔직하기만 하여서 차라리 괴벽하다는 말을 듣는 그는 같은 군목끼리도 별로 좋아 지내는 사람이 없었고 그전에 사귀던 친구도 찾아갈 만한 사람이 없었다. 교회측에도 모두 가식과 위선 투성이로 된 그 틈에 섞여 다닐 생각은 도무지 없었다.

　일선, 더구나 동부전선에서 지내던 인수는 가끔 서울에 온다든지 신문이나 잡지를 읽고 뒤에서 상상할 수도 없으리만큼 일선에서는 지독히 고생하는데 후방에서는 너무나 사치하고 호화롭게 지내는 것을 생각하고 인

수는 늘 격분한 마음을 금하지 못하던 터이라 나가 다니기도 싫은 것을
비교적 마음이 통하는 박이란 친구하고 명동에서 만나기로 약속한 생각이
나서 문안 가는 버스를 타고 미도파 앞에서 내렸다.

　우선 미도파의 쇼윈도와 출입문의 좌우쪽이 크리스마스 장식으로 덮였
고 잠깐 안쪽을 슬쩍 들여다보아도 커다란 전나무 가지에 은방울 금방울
금실 은실로 늘이고 솜으로 흰 눈 모양을 만들어 덮은 크리스마스 트리가
모두 무척 눈에 거슬렸다. 시계를 보니까 아직 박과 만나기로 한 시간이
멀었기 때문에 종로 쪽으로 가서 몇 친구를 찾았다. 무엇이 그리 바쁜지
다 나가고 사무 보는 자리에는 한 사람도 없기 때문에 헛걸음을 하고 다
시 명동 쪽으로 천천히 걸어갔다. 종로에서 을지로 입구로 명동까지 내려
오는 동안에, 사람의 떼가 사태 난 것처럼 많이 밀려다니고 사방에 크리
스마스 카드 장수가 많은 데 인수는 우선 놀랐다. 그 장수들이 카드 한
장에 오천 환, 칠천 환까지 부르는 것을 보고 더욱 놀랐다.

　A다방에 들어섰더니 담배 연기가 가득 찬 데서 재즈와 음탕한 유행가
소리가 시끄럽게 들리고 어울리지도 않는 크리스마스 트리가 한가운데 서
있는 것이 몹시 눈에 거슬렸다. 신문장을 들어서 들여다보다가 커피를 한
잔 청해서 마셨다. 그리고 다시 신문을 읽다가 시계를 본즉 벌써 반 시나
지났건만 박의 그림자도 보이지 않는다.

　"이 사람이 웬일인가?"

　인수는 홱 일어나서 나가려다가 미심결로 박××이란 사람이 다녀가
지 않았는가 마담에게 물어 보았더니 한 시간 전, 어떤 여자분하고 왔
다 나가면서 낯이 서투른 손님이 오거든 좀 늦을지 모르니 기다려 달라고
그러더라는 것이다.

　"이렇게들 시간을 안 지키는 거야."

　혼자 중얼거리면서 인수는 다방을 나와 버렸다. 명동거리는 불이 어느
새 켜지고 아까보다 사람이 더 많이 수선거리고 다닌다. 모두 무슨 급한
볼일이나 있는 것처럼 바삐 간다. 남자와 여자와 쌍쌍이 가는 패가 상당

히 많다. 인수는 어디로 갈지 몰라서 시공관 앞에서 잠깐 망설이고 서 있었다. 그러는 동안에 늙은이와 어린애들이 연달아 달려들며 얼어서 빨간 손을 내민다. 주머니에 있는 대로 십 환짜리 백 환짜리를 내주고는 충무로 편으로 발길을 돌렸다.

'이왕이니 미친 놈인 척하고 꼴이나 보자.'

인수는 누구를 찾는 듯이 스탠드바를 하나씩 하나씩 들여다보았다. 집집이 크리스마스 트리와 산타클로스를 해 놓고 장식을 굉장히 했다. 벌써 비틀거리는 손님이 귀찮은 듯이 크리스마스 트리의 가지를 집어치우면서 나간다. 뒷골목에 들어가 보니 요릿집에도 크리스마스 트리가 굉장하다. 정말 미치광이로 보면 안 되겠다 싶어서 인수는 다시 미도파 쪽으로 나갔다. 오는 길에 몇 사람 아는 친구를 만나서 다방에 가자고 하는 것을 바쁘다고 거절하고 동대문행 전차를 타고 집으로 와 버렸다. 집은 텅 비었다. 인수는 외투를 입은 채 빈방에 나가 넘어졌다.

"어머님이 애기를 데리고 돈암동으로 가시면서 대위님이 들어오시면 곧 그리로 오시래요."

옆집에 있는 식모가 일러 주는 것이다.

"흥 크리스마스! 실컷 잘들 놀아라."

교회는 다니며 말며 행세거리로 신자 노릇을 하는 사람들이 성탄에 무슨 정성이 있어서 그러는가 저이들 놀고 싶어서 그러지!

그리고 또 일선에서 지내던 생각을 하고 전에 일선에 있다가 성탄 때에 왔던 생각을 하고 속이 뒤집힐 듯이 불쾌했다.


인수는 대개 일선에서 복무하다가 다른 친구보다 좀 늦게 제대되어 나왔다. 집에는 어머니와 아내와 어린것이 있으나 아내는 해산하러 친정집에 갔기 때문에 아직 보지는 못했다. 어머니는 돈암동에 사는 딸의 집에 자주 다니다가 이날은 크리스마스라고 오라고 해서 손녀 신애를 데리고 간 것이다.

"내일 저녁에 크리스마스 파티를 한다고 너의 누이가 다 오라구 했으니 너두 가자."

하는 어머님의 말을 지난날 밤에 인수는 돈 잘 벌고 흥청거리고 게다가 좀 주제넘게 보이는 누이나 매부에 대하여 별로 감정이 좋지 않기 때문에 어머니의 말씀을 들은 척 만 척하였던 것이다.

"크리스마스? 저희가 얼마나 예수를 잘 믿길래 크리스마스라구! 나는 안 간다. 나는 나 혼자 크리스마스 지낸다."

인수는 차디찬 방바닥에 반듯이 누워서 눈을 감고 중얼거리고 있었다. 명동거리와 종로거리의 야단스러운 풍경이 눈에 떠올랐다. 미도파의 크리스마스 장식, 시공관 앞에서 달려붙던 거지 아이들의 빨간 손들이 뒤섞여 보이고 일선에서 고생하는 병졸들의 까만 얼굴들이 보인다. 돈암동 누이네집 옆에 있는 언덕 밑에 있는 방공호에 앉아 있는 영감도 보였다.

"인수야 인수야."

그 새 인수는 잠이 들었던 모양이다. 밖에서 웬 자동차 소리가 나서 잠이 깨었는데 어느 새 어머니가 돌아와서 깨우고 있었다.

"가자, 너의 누이랑 매부가 널 데려오라고 일부러 차를 보냈다."

"난 싫어요, 어머니나 가세요."

잠깐 일어났던 인수는 도로 누워 버렸다. 밖에서는 뿡뿡 소리가 요란스럽게 들린다.

"얘 어서 가자, 남의 바쁜 차를 세우고 기다리게 하지 말구 어서 가자. 안 가면 너의 누이가 섭섭해하지 않겠니."

"섭섭하긴 무얼 섭섭해요. 어서 어머니나 도로 가서 잘 잡숫구 오세요."

아랫목 쪽으로 가서 누워 버린 아들을 어머니는 나도 안 가겠다고 하고 차를 보내려고 하다가 다시 마음을 먹고,

"내 면목을 보아서 어서 가자."

사정사정해서 인수를 끌고 나가서 차를 태웠다.

　어머니의 말을 거슬러 본 일이 없는 인수라 할수없이 끌려나온 것이다. 인수는 마음속으로는 마음대로 하는 것 같으면 이 나라에서 크리스마스를 아주 없애 버리고 싶고, 크리스마스란 절기를 저주하고 싶었다. 한편쪽에는 헐벗고 굶고 떨고 있는 동포 형제가 수두룩한데 저희 혼자만 그 무엇이 그리 좋다고 야단들인고 싶었다.

　"이거 귀한 손님이 오시는군, 백 대위님 어서 들어오십시오."

　차는 잠깐 새 돈암동으로 가서 이층 양옥집 앞에 대었다.

　현관문을 열고 나오면서 인수의 손을 잡는 뚱뚱한 신사는 이 집 주인 윤봉호요, 인수의 매부였다.

　"응접실로 들어갑세다. 야 커피 가져오너라. 그런데 잠깐만 나 실례합니다, 형님."

　주인은 옷을 입고 기다렸던 모양이다. 자기를 태우고 온 차를 타고 나가 버린다.

　"누이는 어데 갔소?"

　"장보러 가서 아직 안 왔구나, 너의 매부가 차를 가지고 데릴러 가는 모양이로구나, 미도파에서 기다리고 있다니깐."

　"주인도 없는데 무슨 맛에 있겠어요. 어머니 나는 가겠어요."

　"아빠 언제 왔어?"

　인수는 잠깐 잡지를 들여다보고 있다가 벌떡 일어섰다. 현관에서 구두를 신으려고 하는데 안에서 놀던 신애가 뛰어나와서 매달린다.

　"아빠, 이거 보세요. 고모가 사다 주었다우. 이것 좀 보아요, 이쁘지."

　"신애야 가자, 집에 가자. 내가 더 좋은 거 사 주께."

　인수는 자기의 손을 잡아끌며 새 양복을 보아 달라고 자랑하는 어린 신애의 손을 붙들고 가려고 하였다.

　"안 갈 테야, 여기 장난감도 많고 먹을 것두 많아. 아빠두 가지 말어, 여기서 밥 먹고 할머니하구 함께 가."

　안에 들어갔다 나온 어머니의 만류에 못 이겨서 인수는 도로 방으로 들

어가서 털썩 앉았다. 들여 온 커피를 한 모금 마시고 나서 잡지를 한참
들여다보다 말고 내던지고 팔짱을 지르고 앉아서 무슨 생각에 잠겨 있는
데 밖에서 차 소리가 난다.

"엄마, 엄마 왔다."

아이들이 와 달려나가서 매달린다.

"이애들이, 가만들 있거라. 글쎄 남의 나들이옷을 고녀석의 깍쟁이새
끼가 이렇게 버려 주었구나. 좀들 비켜라."

안에서 나오는 인수의 어머니를 보고 주인 마누라는 큰 변이라도 당한
듯이 말을 계속한다.

"글쎄, 어머니 이걸 좀 보세요. 깍쟁이새끼가 내 치마를 붙잡더니 이
꼴이 됐다오! 글쎄, 이게 뭐예요 이게 골탄인지 똥인지……."

온 집 안이 떠들썩하리만큼 떠들어 댄다.

"애개개 그게 무어야, 치마 버렸구나!"

"버리구말구요, 오늘 재수가 사나워서 글쎄 고녀석 그저 모가질 비틀
어 주고 싶은 걸 겨우 참구 왔구먼."

어머니의 응원에 뚱뚱보 마누라는 더 기가 나서 악담을 토한다.

"얘 너의 오빠가 와서 기다린다."

어머니도 겨우 생각이 난 듯이 응접실 문을 열었다.

"참 오빠 오셨다지요…… 하두 분해서……."

마누라는 겨우 생각이 난 듯이 응접실을 들여다보고 인수를 안으로 들
어가기를 권하고 앞에서 들어가 버린다. 옷을 갈아입겠다는 속셈이었다.

이윽고 밖에서 주인 윤이 들어오고 뒤따라서 어떤 신사 두 사람과 여자
두 사람이 줄레줄레 들어왔다.

인수는 그 기색을 알고 기다리게 해서 실례했다고 하는 매부의 말을 못
들은 척하고 안으로 들어갔다. 마침 안쪽에서 나와서 어서 들어가서 식사
하자고 알리는 어머니에게 끌리다시피 하여 안방 대청으로 올라갔다. 마
루 한편에는 아이들이 커다란 인형이며 목걸이 따위의 예물과 먹을 것 때

문에 정신없이 떠들고 있고 한편에는 주인 마누라가 부족한 것을 나중에 사 온 장식을 중학교 일학년인 딸 혜경과 둘이 같이 크리스마스 트리에 걸어 놓느라고 골몰하다가 인수를 힐끗 쳐다보고,

"오빠, 어서 들어가 먼저 잡수세요."

하고는 이번에는 한편 벽에 걸린 십자가에 달리신 예수님의 성화에 은별과 금빛 종이로 장식을 하고 있다.

"어서 들어와 저녁 먹어라."

어머니의 말이다. 크리스마스 파티란 것은 어찌 된 셈인지 자기는 마치 밥이나 얻어먹으러 온 것 같아서 더구나 불쾌했지만 마침 점심도 안 먹고 속이 출출한 터이라 안방으로 들어가서 어머니와 매부의 동생 되는 학생과 아이들과 같이 저녁을 먹기로 하였다. 상에는 장식한 통닭이며 커다란 생선이며 꼬불꼬불한 글자로 크리스마스를 표시한 케이크이며 각색 한국 떡이며 즐비하게 벌려져 있고 술까지 놓여서 어머니와 학생이 이것저것 권하건만 국에 밥을 말아서 조금 먹고 인수는 뒷방으로 가서 피곤한 몸을 활신 펴고 누워 버렸다.

장식하고 손님 접대하느라고 정신없이 돌아가던 주인 마누라(누이동생)는 나중에야 생각이 났던지 안방으로 들어와서 오빠를 찾으면서 식사에 대한 인사를 하고 나중에 댄스 파티에 나오라고 했지만 그것은 인수가 잠깐 잠이 든 뒤였다.

"글쎄 이거 좀 보아요. 아까 당신하구 헤어져서 먼저 올 적에 깍쟁이 새끼한테 붙들려서 새 치마를 다 버렸다오. 고녀석의 새끼를 모가지를 홀랑 비틀어 죽여 버렸으면 속이 시원할걸……."

"빨면 되지 않소, 집에 가솔린이 잔뜩 있지 않소? 당신이 얼른 한 십 환 던져 주었더면 일없을 걸 그랬지. 아무리 거지라구 너무 악담을 할 게 아니야. 내일이 크리스마스가 아니오?"

"여보, 당신은 성자가 되니까 그런 마음씨를 가졌는지 몰라도 나는 성자가 못 돼서 그러우. 그리구 그따위 깍쟁이 줄 돈이 어디 있소, 글쎄."

주인이 안으로 들어와서 마누라가 치마 버린 하소연을 하다가 핀잔을 맞고 화가 나서 대답하는 악이 뻗치고 울음섞인 소리다. 그 소리에 옆방에 있던 인수는 잠이 깨어서 귀를 기울였다.

또 그 소리구나, 어려서부터 교회에서 자라난 내 동생이 어쩌면 사람이 저렇게 되었을까 싶어서 슬그머니 일어나서 뒷문으로 해서 밖으로 나갔다. 누이의 말이 하도 귀에 거슬리고 듣기 싫어서 바람도 쏘일 겸 나온 것이었다. 자기는 파트너도 없지만 그런 축에 섞이기가 싫었다.

인수는 집 뒤에 있는 언덕 편으로 올라가 보았다. 거기에는 한동안 인가가 없고 언덕 한모퉁이에는 방공호가 뚫려 있었다. 전에 지나다니면서 보던 생각이 났다. 물론 불이 없어 컴컴하다. 인수는 일선에서 호 속에서 지내던 생각이 나서 그 속에 무엇이 있나 혹 어떤 사람이 사는가 보고 싶은 생각에 슬금슬금 들어가 보았다.

"거 누구요?"

아차 잘못했다 싶어서 인수는,

"아저씨 계십니까?"

하고 공손히 물었다.

"왜 누굴 찾소?"

"지나가던 사람이 잠깐 몸 좀 녹여 갈려고 왔습니다."

"지나가던 사람이? 좌우간 들어오시오."

거적문을 들치고 들어갔더니 늙은이가 조그만 등잔불을 켜놓고 누더기를 쓰고 엎드려서 무얼 훌훌 마시고 있다. 인수는 전부터 한번 방공호에서 사는 것을 들어가 보고 싶은 생각을 가졌으나 오늘에야 처음 들어와 보게 되었다. 불땐 온돌방 같지는 못하나마 아늑하고 군바람 하나 없는 것이 춥진 않다.

"전 이 동네 사는 놈인데요, 아저씨를 한번 찾아뵐려구 하면서두 여태 군대에 나가서 지냈기 때문에…… 아저씨 추우시진 않습니까?"

"안 추워."

늙은이는 인수의 얼굴을 자세히 들여다본다. 웬 사람이 날더러 아저씨라구 밤중에 찾아와서 고마운 말을 하는가 하는 얼굴이다. 과연 어디서 본 듯한 얼굴이다.

"아저씨 본시 이 동네 사셨습니까?"

"아니 이북에서 왔네!"

"저도 이북에서 왔습니다."

"그래, 언제 왔나?"

"일사후퇴 때에 왔어요."

"그래 나두……."

늙은이는 먹던 술을 놓고 나서 말을 계속한다.

"마누라하구 아들 따라 왔다가 아들은 일선에 나가 죽고 그뒤에 마누라두 죽구 며느리는 어린것 하나 있는 걸 버리고 잠깐 다녀온다더니 어디로 가구 종내 안 들어오구 저 애놈하구 둘이 산다오."

늙은이는 컴컴한 모퉁이에 누워 자는 어린것을 가리킨다.

"저애가 몇 살이야요?"

"여섯 살이라네."

"가엾어라, 어린걸."

인수는 이윽고 자는 아이를 바라다보다가,

"아저씨 제 부친은 이북에서 못 오셨답니다."

"그래? 소식을 모르겠지?"

"모르지요."

"돌아가셨겠지."

"글쎄요."

인수는 고개를 숙이고 말이 없다. 사실 이북에 남은 아버지 생각이 나서 목이 메인 목소리다.

"아저씨 혼자서 어린걸 데리구 어떻게 지나셔요?"

인수는 눈물어린 목소리로 이렇게 물었더니 그 옆에 있는 방공호에 사는 할머니가 밥도 좀씩 갖다 주고 요새는 감기로 아파서 밥을 못 먹으니까 이렇게 밈을 쑤어다 주어서 먹노라고 이야기를 한다.

"고맙군요, 그 할머니가…… 이걸 어린애나 주세요."

인수는 거기서 하루저녁 자고 싶은 것을 어머니와 어린것이 기다릴 것이 염려되어서 싸 가지고 왔던 떡과 외투까지를 슬쩍 놓고 나왔다.

"여보, 여보, 외투 가져가시오."

늙은이가 찾는 소리가 들렸으나 인수는 못 들은 척하고 바쁜 걸음으로 누이집 뒷문으로 살짝 들어왔다.

"뚱땅뚱땅 쿵창쿵창 시르르 시르르……."

"하하 하하 하하."

안에서는 크리스마스 파티가 댄스 파티로 한창 돌아가는 모양이다. 재즈 음악 소리와 거기에 맞추어서 발걸음 소리와 또 가끔가끔 흥에 겨운 웃음소리가 문 밖에까지 요란스럽게 들려 나온다. 인수는 잠시 무슨 생각에 잠겼다가 슬그머니 아까 자기가 누웠던 안방 뒷문으로 들어갔다. 아이들은 다 잠이 든 모양이다. 뒷방에는 주인 마누라가 사다 놓았던 선물로서 아직 풀어 보지 아니한 듯한 포장한 곽이 있다. 그것을 풀어 보니까 산타클로스 할아버지의 모자와 붉은 옷이다.

"옳지 됐다."

인수는 다시 살짝살짝 밖으로 나가서 방공호에 있는 어린아이를 달래서 데리고 왔다. 자기는 산타클로스 할아버지의 붉은 모자를 쓰고 붉은 옷을 입고 데리고 온 어린애를 흰 보자기로 싸 가지고 한참 춤 추고 돌아가는 대청 문을 가만히 들어섰다. 그래도 춤 추고 웃고 떠드는 사람들은 산타클로스 할아버지에게는 주의를 하지 못하는 모양이다.

잠깐 생각한 인수는 뒷담벽에 걸린 성화를 각 잡아당겨서 땅바닥에 떨어뜨렸다. 그러자 자기는 한가운데 나섰다. 그제야 여러 사람들은 깜짝 놀라서 뒤를 돌아보았다.

"나는 이번에 기쁜 크리스마스가 되어서 착한 아이들이 있는 집을 찾아서 선물을 주려고 온 산타클로스 할아버지다. 그런데 와 보니 너희는 너무나 흥청거리며 잘 논다. 너희 집에는 주님의 성상도 소용이 없다. 그리고 너희 집에는 아이들이 모두 너무나 좋은 선물을 가졌기 때문에 내선물은 변변치 아니하기 때문에 줄 필요가 없다고 생각해서 색다른 선물하나를 가지고 왔다. 이 선물은 내가 가져왔다기보다도 주님 예수께서 보내신 것이다. 아니 주님이 친히 오신 것이다. 지극히 적은 소자 하나를 돌아보지 아니하는 것은 나를 돌아보지 아니하는 것이요, 지극히 적은 소자 하나를 대접하는 것은 나를 대접한 것이라 하신 말씀을 기억하라."

산타클로스 할아버지는 맨발에 헌옷을 입은 채 어리둥절하는 아이를 내놓고 자기는 뒷걸음질하면서 슬쩍 어두운 데로 사라졌다.

"누구야, 뭐야, 웬 아이야?"

빈정대는 사람도 있었지만 인수의 목소리를 듣자 모두 박수를 하고 환영하였다. 그러나 그 가운데 불신자로서 이해하지 못하는 사람들과 그리고 주인 마누라는 자기의 한 일이 있어서 찔리기 때문에 인수의 하는 일을 불쾌하게 여기고 미치광이 짓으로 생각하였다. 주인 마누라는 딸 혜경을 시켜서 주님이 보내셨다는 어린아이에게는 돈 몇 백 원과 떡과 과자를 싸 주어서 바삐 돌려보냈다.

크리스마스 전날 밤은 고요히 깊어 갔다. 손님들도 다 돌아가고 인수와 그 어머니와 딸 신애도 돌아갔다. 모든 식구들은 다 깊이 잠이 들었다. 주인 마누라도 고단한 김에 잠이 들어서 코를 골고 있다.

"엄마, 엄마."

엄마 옆에서 자던 여섯 살 먹은 애경이 벌떡 일어나서 엄마를 흔드는 것이다.

"엄마, 엄마. 누가 밖에서 나를 찾아요."

애경은 엄마를 몹시 흔들면서 야단이다.

"얘 넌 왜 자지 않고 그러냐. 어서 자거라."

"엄마, 글쎄 누가 밖에서 애경아 애경아 하면서 나를 불러요."

"얘가 무슨 잠꼬대를 그렇게 하니, 어서 자라는데 그래."

어머니는 귀찮은 듯이 소리 지르고 돌아누워서 여전히 코를 골고 있다.
어린것은 울면서 야단쳤지마는 깊이 잠든 식구들은 아무도 알은 척하지
않았다. 어린것이 혼자 일어나서 문을 열고 밖을 내다보았으나 지척을 분
간할 수 없이 캄캄하고 찬바람은 무섭게 몰아치고 있다. 할수없이 어린것
은 문을 닫고 돌아와서 밖으로 귀를 기울이고 앉아서 모기소리만큼 희미
한 소리가 들렸으나 졸음이 엄습하여 그만 그 자리에 쓰러져 잠이 들고 말
았다.

기쁘다 구주 오셨네
만백성 맞으라
온 교회 함께 일어나
다 찬송 부르세
다 찬송 부르세
다 찬송 찬송 부르세

먼동이 훤하게 밝아 오면서 새벽 찬송 소리가 희미하게 들려 온다. 간악
한 세상에도 성자의 강림을 알리는 하늘의 축복을 전하는 거룩한 노랫소
리였다.

한 밤에 양을 치는 자
그 양을 지킬 때에
주 뫼신 천사 일어나
큰 영광 비치네

### 큰 영광 비치네

새벽 찬송 소리는 점점 가까이 와서 윤봉호네 정문 밖에까지 왔다. 노래
는 다시 계속되었다.

"새벽 찬송 새벽 찬송 문 열어라. 문 열어라."

봉호와 아내와 혜경과 온 식구들이 혹은 촛불을 켜가지고 혹은 회중전
등을 가지고 대문 밖으로 나가서 박수로 성가대를 맞이하였다. 예비하였
던 과자봉지를 내주고 현금을 두둑하게 넣은 헌금봉투를 대장에게 내어주
며 고마운 인사를 하였다.

"성탄에 복 많이 받으십쇼."

축복하는 인사를 하면서 대원들은 우즐렁우즐렁 물러갔다.

"이 집에서는 따끈한 떡국이나 끓여 낼 줄 알았더니 아주 깍쟁이야."

이런 소리로 불평을 하고 가는 생각없는 대원도 있어서 마지막으로 대
문을 닫치고 들어가려던 식모는 못마땅한 듯이 대원 편을 바라보면서 들
어가려고 하는 참이었다. 찬바람이 불고 눈이 펄펄 내린다. 대문을 잠그
고 들어가려고 하던 식모는 무심코 다시 한 번 좌우쪽 행길을 바라보았다.

"에그머니 이게 무어야."

개도 아니요 사람이 분명하다. 식모는 다시 한 번 소리를 지르고 안으
로 뛰어들어갔다.

식모가 기절을 하듯이 야단을 하는 통에 주인은 사랑에서 자던 운전수
를 깨워 가지고 불을 가지고 나가 보았다.

대문 밖 담모퉁이에 바짝 달라붙어 있는 것은 대여섯 살쯤 나 보이는
어린 아이였다. 얼굴은 눈에 덮여서 고요히 잠든 것이었다. 그 옆에는 초
그루터기가 쓰러져 있다.

얼마 전에 애경을 부르던 그 손님일 것이다.

이날 밤이 깊어서 인수는 자기 집에서 마음에 여러 가지 뉘우치는 바가
많아 눈물의 참회기도를 드리자 이웃집 닭이 울었다.

# 전영택 작품과 인도주의의 인식

신 동 욱

## 1. 머리말

전영택(田榮澤, 1894~1968, 호 늘봄, 秋湖)은 평양시내 사창골에서 태어나, 진남포의 보통학교를 거쳐 1907년부터 1910년까지 평양대성학교를 다녔다. 그후 서울 관립의 학교에 입학했다가, 다시 일본 동경에 있는 아오야마 학원(靑山學園) 중학부와 같은 대학 문학부(1915~1918) 및 신학부에서 공부하고 1923년에 졸업하였다.

1918년부터 김동인, 주요한 등과 『창조(創造)』 동인이 되어 작품활동을 하였다. 또한 항일 독립운동을 하며 기독교계의 공직을 맡아 활동하였다. 3·1운동 당시 결혼한 아내 채혜수(蔡惠秀)는 예식이 끝나자 곧바로 3·1운동의 학생주도자로 체포되어 1년간 투옥되었다. 이러한 독립운동의 체험을 토대로 하여 「생명(生命)의 봄」(創造, 1920년 5호~7호)이 창작되기도 하였다.

한때 삼숭학교 교장(1919)을 역임했고, 서울 감리교신학대학 교수(1923~1929)를 지내다 미국 태평양신학교에서 수학(1930~1932)한 바 있다. 이때 미국에서 흥사단에 입단하였다. 귀국 후 목회를 보며 창작 활동을 계속하였다. 광복 후 문교부 편수관(1946), 국립맹아학교장 (1947), 중앙신학대학, 감리교신학대학 등 교수직을 역임했고, 1952년 도쿄의 한국복음신문의 주관으로 일하였다. 그리고 초대 한국문인협회 이사장(1961)을 지냈으며, 대한민국 문화포장 대통령상을 수상(1963) 하기도 했다.

초기 작품들에서는 1920년대를 전후한 당대의 삶의 문제를 다루고 있다. 『창조』 창간호에는 「혜선(惠善)의 사(死)」(創造 1호, 1919)가 발표되고, 이어 「천치? 천재?」(창조 2호)를 발표하였다. 그리고 「운명 (運命)」(創造 3호), 「생명의 봄」(創造 5,6,7호), 「독약을 마시는 여인」 (創造 8호) 등을 발표하였다.

1925년 「화수분」(朝鮮文壇, 1925. 1)을 발표하면서 그에 대한 작가적 평가는 한층 높아졌다. 그리고 광복 후에도 그의 인도주의적 현실인식은 지속되어 「하늘을 바라보는 여인」(文藝, 1949. 9), 「크리스마스 전야의 풍경」(1960. 12. 종군), 「소」(白民, 1950. 2) 등 인도주의 정신에 입각한 시선으로 왜곡된 삶의 현실을 조명하고 있다. 그의 「나의 자서전 서장」(1962)에는 톨스토이를 숭배한 사실과 예술의 효능이 인간을 위한 것이라는 확신을 가졌던 작가임이 드러나 있다. 75세에 교통사고로 타계하였다.

## 2. 초기 작품과 현실인식

전영택의 첫 작품 「혜선의 사」는 당시대의 신,구 사상의 교체기에서 구시대의 여성이 신시대에 펼쳐지는 새 질서에 적응하지 못하고 자살한다는 비극적 내용이 담겨 있다. 이 작품에서 신여성의 주장에, 애정 없는 혼인과 구도덕에 얽매인 여성의 희생문제가 격렬한 어조로 비판되고 있다. 즉 구도덕에 예속된 삶을 탈피하고 자율적 인간으로서 새시대에 적응하는 여성이어야 함을 말한다. 그러나 작가의 시선은 구시대의 도덕율에 얽매어 살아갈 수밖에 없는 처지의 '혜선'에 대하여 "불쌍한 여성의 가련한 죽음"(創造 창간호, 남은 말)이라고 풀이하여 깊은 동정심을 나타내고 있다. 즉 새시대의 이념을 실제 생활에서 수용할 능력이 없는 구시대 여성의 운명을 시대의 희생으로 보고 인도주의적 시선에서 포착한 작품이라고 말할 수 있다.

그 다음으로 「천치냐? 천재냐?」는 호기심과 재능이 많은 어린 소년 칠성이가 어른들의 이해를 얻지 못하고 추운 겨울에 자료를 구하러 먼 길을 떠났다가 동사했다는 내용이다. 여기서 서술자는 특수한 재능과 개성을 지닌 아이를 바르게 지도하여 교육시키지 못한 자책심과 그러한 아이를 이해하지 못한 학교와 가정 그리고 세상의 잘못을 지적하고 있다. 이러한 문제의 포착에서, 작가는 타고난 개인적 재능과 자질에 따라 어떤 간섭도 받지 않고 자율적으로 살아가는데 대한 남다른 인식이 있었던 것으로 이해된다.

다음으로 중편 「생명의 봄」을 보면, 겨울의 추위에 떠는 평양의 풍광이 보이고, 문수봉의 눈을 "소복(素服)"으로 묘사하여 죽음의 겨울로 암시한 사실이 작품의 첫 부분에 나타나 있다. 이러한 묘사는 이야기 전체에 영향을 끼쳐 1920년대 3·1운동 직후의 암울했던 시대적 배경을 상징하고 있다. 이야기는 곧바로 3·1운동에 가담한 목사가 옥고로 병을 얻고 사망하여 그 영결식의 비통한 장면으로 이어지고 있다. 이 영결식에서 전도사에 의해 성경 이사야서 14장에서 23절까지 낭독되는 장면이 기술되고 있다. 즉 피압박 민족 이스라엘 인이 고향땅에 가 살 수 있도록 하나님의 은총이 있을 것을 말하고 이스라엘을 지배한 바빌론왕이 죽고 그 민족까지 멸망한다는 내용의 성서 봉독이다. 여기서 목사의 죽음과 일제시대의 고통이 집약된다.

이어 영선이 결혼식장에서 연행되어 수감되고 병을 앓고 있어 면회간

장면으로 이야기는 이어진다. 서술자는 면회소에서 3·1운동에 가담된 당시 한국인의 고통이 사실적으로 묘사되고 있다. 한 노인은 아들 셋이 모두 감옥에 갇힌 사실을 말하기도 한다. 이 작품에는 옥고를 치르며 병든 영선의 고난과 그 극복의 주제가 "어둔 후에 빛"이라는 노래 내용에 함축되어 나타난다. 즉 "죽음의 겨울 지나면 생명의 봄이 도라오네"와 같이 작품의 주제와 어울리게 하고 있다. 결혼식장에서 곧바로 옥중으로 끌려간 신부 영선이 1년 만에 병든 몸으로 나오자, 영순은 그를 간호한 후에 집을 나가면서 "세상에 낫든 보람"(創造 7호, 20면)을 이루려는 의지를 알려 주는 것으로 이야기는 끝나고 있다.

이러한 자전적 작품을 통해 3·1운동 당시의 수난상의 한 구체적 사례가 실감있게 다루어지고 있다. 이러한 초기 작품에서부터 작가는 현실에 관한 객관적 인식을 중요시한 사실을 이해할 수 있고 또 인간애의 정신을 근간으로 하고 삶 자체를 이해하려는 기독교도의 사상적 흐름도 함께 발견하게 된다.


## 3. 후기 작품과 가난의 문제

전영택의 작품들에서 공통된 한 경향을 말한다면 가난하고 못난 사람들에 관한 애정의식이라고 말할 수 있을 것 같다. 그러한 작품들 중에서 특히 가난하고 무지한 인물을 다룬 「화수분」을 예로 들 수 있다. 주인공 화수분은 어려서는 농촌에서 유복하게 지냈으나 가세가 기울자 도회로 나와 행랑살이를 하는 한편 막벌이 노동자로 생계를 유지하려 하나 끼니조차 잇기가 어려워 가족들은 굶기를 밥먹듯한다. 그 아내도 무지하고 셈도 할 줄 모르는 인물로 설정되고, 아이들은 고집세고 먹을 것만을 밝히는 그런 일가족의 심각한 가난의 문제가 보인다. 화수분의 어린 딸 하나는 동네 쌀가게 집의 주선으로 남의 집에 보내게 되고, 이 일로 화수분은 슬

폼에 잠기게 된다. 그러던 어느 날 시골 화수분의 형이 발을 다쳐 일을
못 하게 되었으니 추수를 도와달라는 연락을 받고 화수분은 급히 떠난다.
추수철이 지나고 겨울로 접어들어도 화수분이 돌아오지 않자 그 아내는
화수분의 고향을 찾아 떠나게 된다. 공교롭게도 때를 같이 하여 화수분도
고된 추수 일로 과로하여 앓다가 두고 온 가족들을 생각하고 돌아가게 된
다. 이렇게 하여 눈오는 산 속에서 두 남녀는 만났으나 굶주리고 헐벗은
부부는 아기를 안고 산중에서 동사하게 된다는 참혹한 이야기이다.

이러한 극빈한 이야기의 과정에서 작가는 그들의 몰락과정을 다음과 같
이 서술하고 있다.

> ······시아버님이 돌아가시고, 그리고 맏아들이 죽고 농사밑천인
> 소 한 마리를 도적맞고 하더니, 차차 못 살게 되기 시작해서 종내
> 저렇게 거지가 되었답니다. 지금도 시골 큰댁엘 가면 굶지나 아니할
> 것을 부끄럽다고 저러고 있지요. 사내 못생긴 건 할 수 없어요.
>
> (語文閣, 新韓國文學全集 6권, 207면. 1979)

이러한 서술에서 볼 수 있듯이 노동력의 상실, 묵시적으로는 장자 차자
의 가산분배 문제, 도둑, 적극적 적응력의 부족 등의 문제가 복합적으로
작용하여 가난의 요체로 요약되고 있으나 사실은 시대 전체의 생산력의
부족과 일제치하의 토지정책의 문제가 얽혀 있어 농민이 도회 주변의 날
품팔이 노동자로 전락하게 된 것이다. 이 점을 좀더 설득력이 있게 묘사
적 장치로써 다룰 가치가 있었다고 보여진다.

그런데 이 두 부부의 죽음이 발견될 때 품속의 아기가 살아 있었다는
이야기의 마무리 속에는 작가의 인간애 정신이 살아 있음을 발견하게 된
다. 당연히 세 식구 모두 얼어 죽었음직한 객관적 형편인데도 불구하고
어린 생명을 건지게 한 이야기의 설정은 아무래도 전영택의 인간애 의식
의 발로로 보인다.

전영택은 화수분 삼형제의 이름짓기에서 장자 거부 등 모두 부유한 삶을 기대한 한국인 일반의 현세적 초복(招福) 사상을 느끼게 하는 것이지만, 사실은 그러한 기대와는 달리 가세가 기울어 가난하게 되고 끝내는 동사까지 한다는 운명의 반어를 밝히고 있다.

이러한 가난과 소외의 맥락에서 「바람부는 저녁」(영대, 1925. 1)도 전영택 특유의 인간애 의식이 조명된 것임을 알 수 있다. 이 작품에는 저능한 늙은 할멈이 갈 데 없이 버려지는 이야기가 다루어지고 있는데, 사람을 함부로 대해서는 안 된다는 기독교적인 인간애 의식이 담겨 있다. 이 이야기에서 학생인 정옥이가 어쩔 방도가 없어 할멈을 버린 다음의 심리묘사가 독자의 공감을 자아내게 한다. 시골서 올라오는 할멈을 역으로 마중나가지 못한 죄책감으로 괴로워하는 장면 등은 전영택의 묘사적 솜씨가 잘 나타난 곳이라 하겠다.

> ……할멈은 그 댁에 두게 하든지 여비를 보내 줄 터이니 고향으로 보내 주든지 저 있던 집을 찾아 주든지 있을 곳을 얻어 주든지 하지 함부로 갖다 버려서는 안 된다. 하나님께서 내려다 보신다. 너는 아직 앞길이 창창한 어린애다.(같은 책, 195면)

이러한 정옥의 고향 어른의 편지는 사실상 이 소설의 주제를 담고 있다. 즉 아무리 보잘 것 없고 하찮은 사람이라도 함부로 다루어서는 안 된다는 인간애 정신이 담겨 있다. 전영택이 목회를 본 신앙인이라는 점을 생각할 수도 있지만 사실은 사람을 아끼고 사랑하는 인도주의자로서의 면모를 더 느낄 수 있게 하는 작품으로 생각된다.

## 4. 광복 후의 작품과 대결의지

앞에서 살펴 본 바와 같이 가난의 문제와 인간애의 의식에 관하여 일관된 탐구정신이 확인되었다. 그런데 이러한 어긋난 삶의 문제를 이겨내지 못하고 운명적으로 비극적 파탄에 빠지는 인물의 이야기를 보여 준 것도 사실이나, 광복 후부터는 현실과 맞대면하고 의지적으로 극복하려는 적극적인 인간형에 대해서도 관심을 기울이게 됨을 볼 수 있다. 광복 당시를 전후한 한국 농민의 삶에서 일반적으로 심각했던 문제의 하나는 가뭄이었다. 후기 작품을 대표하는 단편 「하늘을 바라보는 여인」에서 그러한 문제가 다루어지고 있다. 일찍 과부가 된 감네는 시가에서의 재혼 권유도 물리치고 또 마을 사람들의 조소를 감수하며 가뭄과 정면으로 대결하여 끝내 샘을 완성하는 의지적 인물로 형상화되어 있다. 물론 과로로 인하여 감네는 목숨을 잃게 되지만, 가뭄을 오직 하늘의 처분만으로 바라보는 소극적인 농민들과는 달리 연약한 여인의 몸으로 샘을 파 끝내 물줄기를 찾아내는 강인한 여성상을 감동깊게 묘사해 내고 있다.

> 하늘에는 주실 비가 없더라도 땅에야 물이 없으랴. 우물을 파자,
> 샘을 파자, 하늘이 아버지라면 땅은 어머니라, 땅어머니가 인간을
> 불쌍히 여겨서 물을 주시리라. 물이 나오도록 깊이 파자.
>
> (같은 책, 80면)

이러한 감네의 결심에서, 기존의 소극적인 농민들의 순응적 태도와 다른 창조적 정열이 제시되고 있다. 조명희의 「낙동강」에도 제도의 개혁문제를 관념적으로 다루었으나 살아 있는 농민이 묘사되지 못했고, 이기영의 「고향」에서는 토지 문제로 항의하는 농민은 묘사되었으나, 농민들이 자신의 문제를 남의 탓으로 돌리지 않고 자신의 능력을 스스로 드높여 창

조적으로 해결하는 주체적인 농민상이 제시되지 못하였다. 그런데 심훈의 「상록수」에 나오는 박동혁이 처음으로 농사일을 통하여 창조적으로 문제 해결에 도전하는 남성상으로 묘사되었고, 전영택에 의하여 그러한 여성상이 제기된 것이다. 여기서 공식적인 이념의 틀에 지배받은 이기영 같은 작가에 비하여, 체험적 시선을 지닌 심훈이나 전영택의 창조적 의미가 적지 않음을 알 수 있다. 마을 농민들은 감네를 미친 사람으로 보았고, 시어머니도 극구 만류했으나, 감네는 끝까지 자신의 힘으로 샘물을 찾아낸다. 큰바윗돌이 박혀 더 이상 샘을 팔 수 없을 때 그녀는 "파지 말라는 겐가." 하고 의심도 하였으나, 오히려 그 큰 장애물을 제거함으로써 바로 그 밑에서 물줄기를 찾아낸다는 벅찬 감동을 자아내고 있다. 여기서 당시의 농민 일반이 지녔던 소극적이고 순응적인 자세를 떨쳐 버리고 스스로 자신의 과제를 열정적으로 해결하는 주체적인 농민상이 창조됨을 보게 된다.

이 작품의 끝을 작가는 다음과 같이 감동 깊게 마무리하고 있다.

> 용돌이의 등에 업히어 밖으로 나온 감네의 시체는 집 뒷동산에 용돌이 손에 고이 묻혔다. 그리고 그 샘이 솟고 솟고 우물에 넘쳐서, 사람이 먹고 짐승이 먹고, 밭에 대고 논에 대어서 죽었던 곡식이 다시 살았다. 온 동리 사람이 감네의 덕을 길이길이 기렸다.
>
> (같은 책, 84면)

이처럼, 어머니인 땅이 깊이 간직한 물줄기를 찾았고, 감네의 희생으로 만물이 다시 생명을 얻었다는 죽음과 창조, 예수와 구원의 복합적 논리를 은유적으로 융합한 주제를 실현시키고 있다. 여기서 주체적 인간상의 인도주의적 조명이 뜻깊게 이루어짐을 보게 된다.

## 5. 마무리

이 밖에도 「크리스마스 전야의 풍경」에서 현실의 왜곡된 실상을 비판적으로 조명하며 헐벗고 굶주리는 이웃을 위해 행동으로 실천하는 참된 인간애 의식이 적절히 묘사되고 있고, 작품 「눈내리는 오후」에서도 버림받은 소녀를 구하려는 지극한 노력이 그려지고 있다.

전영택은, 우리 문학사에서 1920년대의 인도주의 사상에 입각하여 현실문제를 착실히 발굴 조명한 사실적 작가로 확고한 위치를 점유하고 있다. 춘원 이광수도 그를 진정한 인도주의적 작가였다고 평한 바 있다.

# 전영택 연보

1894    평양시내 사창골에서 태어나다.

1910(17세)    대성학교 3년 중퇴, 진남포 삼숭학교 교원, 세례받음.

1915(22세)    도쿄 아오야마고등학부 인문학과 입학.

1918(25세)    아오야마대학 신학부 입학. 『창조』 발간 동인.

1919(26세)    동경 학생 운동 가담, 귀국. 이화학당 출신 채혜수와 결
혼. 단편 「천치? 천재?」(창조) 발표.

1923(30세)    장녀 산초(山草) 태어나다. 아오야마대학 신학부 졸업.
귀국, 서울 감리신학교 교수.

1925(32세)    단편 「화수분」, 「흰닭」, 「바람부는 저녁」 발표.

1927(34세)    목사 안수, 아현교회 목사.

1930(37세)    미국 태평양신학교 입학. 시카고에서 홍사단 입단.

1935(42세)    『새사람』지 발간.

1938(45세)    평양 요한학교, 요한여자성경학교에 근무. 장편 「청춘곡」
(매일신보) 연재.

1947(54세)    국립맹아학교장. 단편 「소」 발표.

1955(62세)    단편 「김탄실과 그 아들」, 「새벽종」 등 발표.

1959(66세)    「양 한 마리」, 「눈 내리는 오후」, 「금붕어」 발표.

1960(67세)    「차돌멩이」, 「크리스마스 전야의 풍경」 등 발표.

1961(68세)    한국문인협회 초대 이사장. 서울시 문화상 수상.

1963(70세)    대한민국 문화포장 대통령장 받음.

1968(75세)    교통사고로 죽다. 유고(遺稿) 「노교수」 발표.

**베스트셀러 한국문학선 7**

# 화수분

펴낸날 ㅣ 1995년 4월 8일 초판 1쇄
2012년 8월 30일 초판 30쇄

지은이 ㅣ 전영택
펴낸이 ㅣ 이태권
펴낸곳 ㅣ (주)태일소담
서울시 성북구 성북동 178-2 (우)136-020
전화 ㅣ 745-8566~7  팩스 ㅣ 747-3238
e-mail ㅣ sodam@dreamsodam.co.kr
등록번호 ㅣ 제2-42호(1979년 11월 14일)
홈페이지 ㅣ www.dreamsodam.co.kr

ISBN 89-7381-177-0  03810